逃亡小說集

A Collection of Escape Stories

吉田修一

Shuichi Yoshida

高詹燦 譯

目錄

contents

逃吧，九州男兒

警察遲遲沒從停在背後的警車裡走出，就像是故意在擺架子般，只有紅色警示燈旋繞不停。

福地秀明緊握方向盤，緊盯著映照在後照鏡上的警車。

他一離開市公所停車場往左轉，便發現「啊，這裡是單行道……」，但前方既無對向來車，也無行人，是一條大路。

一來也是因為剛才市公所的應對方式令他感到煩躁，一時情緒衝動，秀明直接開進單行道。

接著背後馬上響起了警笛聲。運氣真背，似乎是警車正好在等紅綠燈。

當十字路口的交通號誌再度亮紅燈時，警察這才從後方的警車走下車。

那名警察映在後照鏡上的臉看起來還很年輕，當他的身影占滿整個後照鏡時，他敲了敲車窗。

打開車窗後，警察猛然把臉湊近。他朝後座望了兩眼，以高姿態問道：

「知道為什麼叫你停車嗎？」

秀明緊握方向盤的手在發抖。這不是針對這名警察，而是對剛才市公所的應對方式感到生氣。

「我說，知道為什麼叫你停車嗎？」

面對那宛如老師般的口吻，秀明回答：「……因為單行道逆向。」

「請讓我看你的駕照。」

這次警察改以制式化的口吻說道。

秀明從長褲後方口袋取出錢包，像這種時候，偏偏從塞滿卡片的皮夾裡找不到駕照。他手指伸進皮夾，用指甲勾取，漸感不耐煩。這時，就像水從杯子裡滿出般，他感覺到有某個東西黏糊糊地從他腦中滿溢而出。

「算了……」

秀明突然冒出這句話來。

「咦？」警察反問一聲。

「我說算了……看你是要逮捕我還是怎樣，都隨你吧。」

秀明為了讓自己平靜下來，緩緩這樣說道。應該還有別的措辭可用，但他很自然地這樣說道。

「啥？」

警察發出一聲驚詫的叫聲。就在這時，也不知道秀明是先放下手煞車，踩下油門，還是先朝後座望了一眼，待回過神來時，已驅車向前疾馳。

「啊……喂！」

警察從後方追來。當他的手即將抓住窗框時，秀明加重踩下油門。車身就像長出翅膀般，飄然浮起。

秀明看到警察跑回警車上，在同樣畫面的後照鏡裡，可看到另一個身影，那是坐在後座，清瘦的身軀為之緊繃的母親妙子。

廉價的窗簾，像盾牌般對抗朝陽，那薄薄的質地，看起來條件相當不利。一起相處了好幾個小時的夜晚，看來即將向早晨俯首認輸了，秀明明知這樣很蠢，但還是忍不住想替黑夜加油。

他翻了個身，鐵管床發出嘎吱聲。這是高中時代就買的床，二十多年來一直支撐著曾參加過橄欖球社的秀明那高大的身軀。

他心不在焉地望著因日曬而鼓起的窗簾時，從隔壁房間傳來妙子躡腳走下一樓的腳步聲。

那抓著牆上扶手，像在確認腳下的每一步般，緩緩往下走的白皙赤腳，浮現秀明眼中。

秀明踢開棉被，打開窗簾和窗戶。沐浴在陽光下的運河對面，可以望見鐵工廠的一座座倉庫。

秀明走下狹窄的樓梯，全身只穿一條內褲。這人稱「文化住宅」的老舊租屋處，為之劇烈搖晃。

他在廁所小解後，前往廚房，而穿著睡衣在煮開水的妙子，什麼也沒說，便讓出位子來。

秀明從冰箱裡拿出可樂，背部因瓦斯爐火而發熱。
「你今天會替我跑一趟市公所吧？」
身穿睡衣的妙子，身上有一股病人特有的臭味。
「傍晚如果有工作空檔的休息時間，那就能去，不過今天可能沒辦法。」
「我不能自己去嗎？」
「不行，我不是說我會去嗎。」
「嗯……可是，要是不趕快去的話……」
「我知道！」
因為不自覺地扯開嗓門，可樂就此從寶特瓶灑出。
妙子慌了起來，一把拿起抹布，蹲向地板擦拭，為了緩和現場的氣氛，刻意說道：
「……我煎個荷包蛋給你吃吧？」
「不用了，我還得再睡一會兒。」

秀明同樣也壓下了怒火，從妙子手中拿走抹布，擦拭潑向地板的可樂。

瓦斯爐上的水壺發出聲響，這次換秀明讓出位子。

妙子從裝在小雞饅頭盒子裡的許多藥袋裡，取出紅黃兩色的藥錠，朝熱開水裡加入冷水，分多次吞藥，每次都多顆一起吞。

藥錠從她纖細的喉嚨滑落的模樣，看了覺得心痛。

一樓有這間廚房和六張榻榻米大的餐廳，還有廁所和浴室。

走上很陡的階梯後，二樓有兩間房，分別是秀明和妙子的房間，都是六張榻榻米大，從面東的窗戶可以望見布滿紅鏽的巨大鐵工廠。

妙子再度緩緩地走回二樓，秀明聽著她的腳步聲，開始在廁所裡刷牙。

一旁有個小浴缸。最近都用淋浴，沒使用浴缸。它看起來就像是個較大的塑膠桶，想起很久以前曾和父親一起在裡頭泡澡，便驚覺父親的身材其實很矮小，與記憶中的他截然不同。

秀明心想，今晚工作要是能提早完成，就去「湯～TOPIA[1]」泡個澡吧。只要開口邀約，同事們可能也會一起去。

「湯～TOPIA」的熱水，雖然用的是會讓肌膚滑溜的白濁湯，但泡完澡覺得很清爽，所以冬天就不用說了，就連夏天也適合泡澡。

泡進這種源泉湧出的露天式岩石浴池，感覺通體舒暢。因為是熱度三十八、九度的溫水，泡再久都不成問題，而且坐在岩石上，讓發燙的身軀接受夜風的吹拂，會給人開闊的心情。

上個禮拜也是，一忙完工作，便和四個同事一起到這座露天式岩石浴池悠哉地泡了個澡。一整天滿身大汗地忙完送貨的作業後，只要彼此袒裎相見，敞開心房，脫口說出的便全是對工作的抱怨。

「秀兄，你應該也知道吧？北本四丁目的那個傻瓜現在是我負責，但我今天傍晚去的時候，又鬧出很大的風波。」

1. 湯的日文爲「ゆ」，音同字母「U」，合起來爲Utopia，烏托邦之意。

說這話的人是姓秋野的一名年輕同事，正伸展著他那沒半點贅肉的腰部。看在年近四十的秀明眼中，就算說他像自己的孩子，也不足為奇。

「北本四丁目？」秀明問。

「……啊，原來你不知道啊？秀兄，你之前都沒跑北本對吧。哎呀，四丁目真的有位腦袋裡長蛆的大叔呢。」

「又是拒絕收貨嗎？」

另一位同事好像知道這種情況，代替秀明接話。

「對。又被拒絕了。」

「是貨到付款嗎？」

「對。他自己在網購上訂貨，但我們送貨過去時，卻又大聲嚷著：『我不記得買過這種東西！』『我在睡覺，你幹嘛一直按我門鈴！』然後拿著一根像是按摩用的棒子，一路朝貨車追來。」

「真夠誇張，有沒有向所長報告？老是忙著應付那種傢伙，工作都不用做了。」

「可是這樣的話，北本地區又會被甲田先生他們那一組人搶走。」

「說得也是。」

「我現在經驗還不夠，要是被派往更鄉下的地區，那就完蛋了。」

「不過，市區比較辛苦。雖然貨比較多，但顧客常不在家，工作很沒效率。」

秀明聆聽年輕同事間的對話，將夜風吹得開始發冷的身軀浸入浴池裡。工作一整天累積的疲憊，就此從身上散去。

像秋野這種二十歲左右的年輕人，在工作的旺季也都大喊吃不消，累得身體無法動彈，所以年近四十的他，到了傍晚累得氣喘吁吁，也是很合理的事，像這樣聽他們發牢騷，秀明微感鬆了口氣。

因為從小學到高中他都勤練橄欖球，所以對體力頗有自信。

事實上，偶爾像這樣邀年輕的同事一起到「湯～TOPIA」泡澡，也是想讓這些年紀像自己兒子般的同事見識一下，自己雖然上了年紀，免不了有些贅肉，但體格還是保養得不錯，不論是於公於私，都不希望他們小看自己。

秀明自當地的高中畢業後，和同屆的學生們一樣，毫不猶豫地到鐵工廠上班。也像大部分同屆的學生們一樣，待不到一年就辭去那份平凡無趣的工作。

之後他一直想離開那從小長大的小鎮，參加季節性短期雇用的工人召募，時而在青岡或千葉的汽車零件工廠的生產線工作，時而在當地學長的邀約下，到博多的卡拉OK酒吧幫忙，二十多歲那段歲月轉眼即逝。

每當對自己不穩定的生活以及未來的遠景感到不安時，秀明一定會想起一名友人。

他國中時有位最要好的朋友，姓石松，自從國中畢業後，便加入大阪吉本興業的培訓所，目標是當一名搞笑藝人。

聽說他雖然還沒能上電視演出，但似乎已在大阪的小劇場裡登台表演。

「這是僅只一次的人生，我也得照著自己想要的方式過我的人生才行。」

他想到石松是如此賣力，自然會有這樣的想法。

但這樣的石松，不知什麼時候夢碎回到故鄉，整天遊手好閒，就此加入地方上的暴力集團，那是他三十一、二歲時的事。

當時秀明也在學長的邀約下，做起進口橄欖油的生意，結果慘賠收場，那位學長趁夜跑路，留下一屁股債，秀明以連帶保證人的身分一肩扛起。

「那是一位很會照顧人、很有男子氣概的學長。」

秀明被傳喚至簡易庭時，針對他與那位學長之間的相處做了這番描述。

對那位偷偷跑路的學長，若說沒半點恨意，那是騙人的，但也有美好的共同回憶，遠勝過恨意。

之後秀明以兼職的約聘員工身分，到他之前辭職的鐵工廠工作，在他即將滿四十歲的這六年來，他每個月都償還十五萬日圓的債務。

他在鐵工廠上全天班，晚上和假日兼差當警衛，過著剛好勉強足以應付開銷的生活。

那是好不容易官司結束時發生的事，秀明剛好走進一家牛丼店，碰巧與石松相遇。

石松的模樣，一看就知道是黑道。

「平時我不會到這種地方來，但突然肚子餓。」石松如此解釋，但他眼中仍留有受歡迎的人物特有的光彩，不愧是國中時模仿老師逗大家發笑，還曾經以漫才師[2]的身分站上大阪劇場的人物。

這裡是一座小鎮，所以石松似乎也知道秀明的窘境。

「阿秀，你還好吧？如果有困難的話，隨時可以找我商量。」

當石松拍他肩膀時，他一時間真的想和石松商量。

這件事確實是那位欠債跑路的學長不對，但是用合法的手段欺騙那位學長，自己從中獲利的，另有其人。

秀明之所以長期和那令人鬱悶的官司纏鬥，也是一心想讓那個男人的不法行徑遭受制裁。但不管他再怎麼訴之以情，法律最後還是不給一絲憐憫。

向石松這種人求助代表什麼意思，秀明當然也知道。生在小倉這種小鎮，成長過程中要完全沒聽過這方面的事，並不容易。

伴著淚水入眠的人，想要消除心中的懊惱有的是辦法，不過這需要付出代價。

貫徹正義所付出的代價，就是向暴力屈服。儘管心中的懊惱得以消除，但一輩子都將受人支配。

最後，秀明沒向石松求助。忍受這樣的懊惱，是做人的一大課題。當初就是父親教會他這個道理，他的面容浮現在秀明的腦中。

隨後緊追的警車發出的警笛聲，忽遠忽近。不知從什麼時候起，頭

2. 漫才是日本的一種喜劇表演形式，類似相聲。

頂上方緊跟著一架追蹤直升機。

每次他提高車速，就有一種身體與車子合為一體，無所不能的感覺。每一次躲過行駛在前方的摩托車，超越其他車輛，眼前看慣的鎮上景致便會飛向腦後。

就像自己全力飛奔一樣，宛如他看得到的一切，全操控在他手中。

秀明一看到黃金二丁目的標誌，便踩下油門，衝向已轉為紅燈的十字路口。

從左右兩側駛來的車子猛按喇叭，急踩煞車。

車內一時因與他平行的單軌列車而變暗，緊接著下個瞬間，他看到一排幼稚園幼童正準備過斑馬線。

別過來！

秀明不由自主地在心中大喊，急切方向盤。車子大幅度甩尾往左轉，衝進狹窄的巷弄。

他緊緊咬牙，極力閃躲對向來車、單車，還有塑膠桶。

「唔……唔……」

不知不覺間發出這樣的呻吟聲。如果不發出聲音，恐怕就會恢復理智。恢復理智的世界，沒半點好事。

車子穿出巷弄，就此過橋。警車的警笛聲，分別從背後以及橋的對面傳來。秀明就像要摀住耳朵般連按喇叭，鬼吼鬼叫。

但不知為何，越是叫喊，坐在後座發抖的妙子聲音也跟著越大聲。

「秀……秀……」

彷彿她以為只要這樣持續誦念，車子就會停下來。

這座橋的前方停著一輛警車。行駛在前方的車子緊急煞車，秀明避開那輛車，維持同樣的速度衝向警車。

就算撞下去也無妨。此時他腦中已沒其他想法。

但就在他即將撞上時，警車猛然倒車。在千鈞一髮之際，他避開警車，衝出大路，那輛警車馬上大迴轉朝他追來。

「媽！」不知為何，秀明大聲叫喊。

已看到高速道路的入口出現眼前。就在這時，一旁傳來一陣強烈撞擊。

方向盤就此失控，蛇行的車身擦撞護欄。

秀明馬上望向妙子。在劇烈搖晃下，她緊緊抱頭，但並未受傷。

失速的車子一面擦向護欄，一面緩緩停下。儘管如此，秀明還是踩下油門。不管他再怎麼踩踏，輪胎就只是空轉，發出焦臭。

「停車！停車！」

隨著警笛聲傳來怒吼，一輛警車繞到他前方，背後也陸續有警車趕至。

就在警察從前方的警車走下車時，秀明猛打方向盤，再度踩下油門。警察見車子往前衝，急忙向後躍開。

秀明緊緊咬牙，將警車車門撞飛，直接駛向高速道路入口，車子一路爬上陡坡。

時間回到稍早。這天早上，秀明來到上班的物流中心，像平時一樣前往所長的辦公桌領取單據。已經進公司的秋野他們，像平時一樣在休息室裡吃超商買的三明治果腹。

「早安。」

他向秋野打招呼。

「啊，早安。」秋野作出回應，但很不自然地移開目光。

也許是自己想多了，但其他同事們的態度也顯得很生疏。

「早安。」

他直接往裡頭走去，向所長問候。正在講手機的所長，朝他比了個手勢，要他稍候。

所長講電話的對象是汽車維修廠的負責人，好像是他們維修的車輛延遲完工。

所長結束通話後，很客氣地說道：「啊，抱歉。」

他比秀明年輕兩歲，所以有時說話會顯得難以啟齒。

「秀兄，事出突然，對你很抱歉。關於這次換新約的事，上級判斷，這次想暫時終止。」

此事過於突然，秀明一時說不出話來。

「……嗯。抱歉，真是不好意思……我之前隨口跟你作了保證，但這好像是統籌中心的方針。」

「方針？」

秀明不由自主地反問。

「不，詳情我也不清楚，不過……」

「是因為年齡嗎？如果是這樣，我的工作量應該不會輸給年輕人才對。」

他盡可能壓低音量，不讓自己聽起來像在吵架。

「嗯……這我當然也知道。」

「可以幫我再跟統籌中心說說看嗎？」

「嗯，我當然會這麼做，不過……」

一聽就知道，這是很不可靠的答覆，但秀明不可能就只是回一句「這樣啊，那我明白了」，就此乖乖退下。

秋野他們在背後的休息室裡靜靜地豎耳細聽。不過，秀明不覺得他們會設身處地替他著想，挺身替他說話。

「我可以自己直接跟統籌中心談談嗎？」

所長已準備開始進行其他工作。

「啊，嗯。可以，沒關係。不過，你要是這麼做的話，我可就沒面子了。」

雖然是開玩笑的口吻，但所長的臉色為之一沉。

出門送貨的時間就快到了，秋野他們一面關注他的情況，一面前往處理上貨作業。

剩他們兩人獨處後，所長明顯流露出不耐煩的神情。

「請問，在我找到下個工作前，可以讓我暫時留下來工作嗎？」

秀明向他拜託。

已感覺不到秋野他們的存在，秀明無意識地確認腳下是否有足夠的空間可讓他跪下來懇求。

「這是當然，我會跟上級拜託看看……」

「是這樣的，最近我們被迫搬離，得找房子搬家才行。」

秀明再度往背後窺望，完全感覺不到秋野他們的氣息。

「被迫搬離？」

「是的。因為房東要將我們那棟公寓的土地賣掉。」

「那可真是辛苦你了。不過，你家只有你和你母親，應該比一般人還要好搬遷吧。要是我搬家的話，像辦理孩子轉學手續之類的，可就夠折騰人了。」

所長似乎想結束這個話題，抬頭看時鐘。他臉上的表情寫著——你先去忙今天送貨的工作吧。

六年來持續還債，好不容易還清了，但可能是內心就此鬆懈的緣故，秀明的身體開始頻頻出狀況。

胃部就像插了什麼東西似的，隱隱作疼，甚至排出血便，但到醫院檢查，卻查不出清楚的病因，醫生也只能說這是壓力造成。

不過，胃痛嚴重時，別說上班了，就連下床都沒辦法，就算硬撐著下床，到公司上班，結果一樣老待在廁所裡出不來。

最後鐵工廠將他革職。同事們替他擔心，建議他去申請生活補助金，但秀明認為，只要他身體好轉，隨時都能重回職場，而且他試著找母親妙子商量後，母親也說：

「日後真的有困難時，再去申請吧。我們母子倆還算是受老天眷顧了，這世上有更多人處境比我們還苦。」

雖然她自己也因為腎臟的毛病和病魔搏鬥，但還是讓秀明打消了念頭。

聽妙子這麼說，秀明暗自鬆了口氣，覺得他們還是有辦法，可以過著不必靠生活補助金接濟的普通人生。

「小秀，你今天有事嗎？」

遙子傳來的郵件總是很唐突，秀明回答「沒事啊」，他們很快便約見面。

見面的地點固定都是那棟位於郊外田地中央的賓館，兩人會配合時間，各自開車前往。

遙子和他高中同屆。雖然稱不上校園第一美女，但每次秀明他們這些男學生聚在一起討論哪個女生可愛時，偶爾也會提到遙子的名字。在學時，兩人幾乎沒有任何交流，但在幾年前的同學會重逢後，便開始互相聯絡。

那場同學會沒續攤，兩人剛好同桌，秀明想炒熱氣氛，聊到以前高中時，男生們只要聚在一起，就常會提到遙子。

「少唬人了，大家明明都喜歡阿佐美或是小幸。」

遙子說得沒錯，但她雖然嘴巴上這麼說，卻顯得很開心。

她與以前相比變得豐腴不少，但參加同學會的其他女生卻都異口同聲，很羨慕地說道：

「生活過得富裕，果然就是不一樣，不論是服裝還是髮型，都屬遙子最講究。」

遙子嫁給當地一名自己開皮膚科診所的醫生，年紀整整大她一輪。她二十歲那年生下一對雙胞胎女兒，現在已到東京上大學，目前家中養了兩隻狗作伴。

「我覺得自己很幸福。」她在同學會上常這麼說。事實上看起來也像這麼回事。

參加完同學會的幾個禮拜後，兩人在超商偶遇。遙子剛探望完親戚返家，秀明則是剛從職業介紹所回來。

主動邀一起喝咖啡的人是遙子，在咖啡廳裡，他們就像在延續先前同學會裡的話題，聊得很熱絡。

道別時，秀明問她改天要不要再一起約出來喝咖啡。

遙子垂眼望著地面說：「如果地點遠一點的話……」

他們在郊外的賓館見面時，遙子總愛聊以前的事。

「高一時，石松曾經向我告白哦。」

那好像是兩人第一次上賓館時的事，他們輪流沖完澡後，遙子說了一句「和小秀你在一起，感覺很放心」，接著便突然提起這件事。

「這我知道，我聽石松提過。他跟妳告白，但妳拒絕了他。」

聽遙子說，她短大畢業後，曾接過石松打給她的電話。當時石松進入吉本興業的培訓所，問她要不要到大阪來看他登台表演，但遙子又拒絕了他。

「我啊，從以前就很怕石松。並不是因為他是黑道，該怎麼說好呢，這種事實在有點羞於啟齒，不過，要是和石松在一起，就會感覺全身發疼。這點我自己很清楚。」

全身發疼的感覺，秀明無法體會。他會因為性欲一再累積，而腦袋變得一片空白。也會覺得整個人很煩躁，很想隨便找個人來發洩性欲。但這和遙子所說的全身發疼，顯然不一樣。

在賓館辦完事後，兩人會光著身子，躺在床上小聊片刻。雖然聊的都是些無關緊要的話題，但大部分情況，秀明都只是聆聽。

「小秀，你現在還有在運動嗎？」

「沒有，因為光是工作就夠累了。」

「你還沒有小腹呢。」

遙子望著天花板的鏡子，撫摸秀明的肚子。

「……這是我個人的看法，當男人欲求不滿時，就會跑步。像是慢跑，參加馬拉松。但女人則比較直接，會變得很愛談和性有關的話題。男人應該是努力想將它忘掉，但女人則是想一笑置之。」

秀明不知道這番話該相信多少，但他依舊默默聽遙子說。聽著聽著，他漸漸覺得或許真是這樣，但又覺得完全不是這麼回事。但秀明不會說「不是這樣吧」。為此爭辯是件麻煩事，而且他原本就對這樣的推論不感興趣。既然這樣，還不如一面靜靜聽遙子說，一面撫摸她的手肘和腳跟。

高速道路收費站的收費員雙目圓睜，那張臉仍留在他腦中的殘影裡。車子穿過收費站，超高速行駛在都市高速道路上。兩輛警車緊追在後，雖然也曾追上秀明的車，與他並行，但也不知道該說是運氣好還是壞，當他們想超越時，前方剛好有車出現，秀明趁機急切方向盤，再度與警車拉開距離。

因為秀明急切方向盤，原本與他並行的卡車就此變得蛇行，嚴重搖晃的貨櫃打亂了重心，清楚傳來急踩煞車的聲響。

秀明用力踩下油門。背後那台大卡車勉強穩住車身，沒就此翻倒，停下時整個擋住了車道，這畫面映照在後照鏡上。

在卡車後方動彈不得的警車，警笛聲逐漸遠去。

秀明就像一直忘了呼吸般，這才重重吁了口氣。

提高速度的這輛車陸續超越其他車輛，待他回過神來時，正從篠崎北進入紫川道路交叉點。為了甩開警車，他一路猛打方向盤，就此來到通往關門橋（跨海連往本州）的北九州四號線。

雖然無暇關切母親，但妙子的身影還是不時會出現在後照鏡上。

不知道她此刻是以什麼心情坐在位子上，她那弓著背，像在祈禱般雙手合十的姿勢，打從秀明開始逃跑起就一直沒變過，不過，此刻她臉上略微恢復血色，注視著腳下，那模樣看起來似乎還沒明白他們此刻的狀況，想的是完全不同的其他事。

秀明心想，這樣不就能直接從九州渡海前往本州嗎？

他並非真想渡海，就算渡海到對岸，也不會有什麼好事，但現在他開始心想——不管怎樣，我都要渡海過去。

就在這時，追蹤直升機出現，幾乎緊貼著高速道路的高架橋，折射陽光的擋風玻璃後方可以清楚看見駕駛員的臉。

交通量並不大，但看得出周圍的車輛正慢慢減速。明明沒塞車，但前方的車輛卻亮起紅色的煞車燈。

這時，他逐漸看到告示板上出現從沒見過的指示。

『為了迴避重大事故，請所有車輛盡速從下一個出口離開。』

其他車輛緩緩靠向左邊車道。

秀明來到右邊車道後，加速前行。車輛陸續從前方的交流道出口駛離都市高速道路。

當秀明的車通過出口時，路上突然變得空蕩蕩一片。筆直延伸的車道上，就只有幾輛車在行駛，似乎沒注意到告示板的提醒。

不過，他們似乎也發現高速道路上的不同，車速都異常地緩慢。

秀明逐一超越這些車輛。剎那間，前後兩邊都看不見半輛車。宛如這條都市高速道路上只有他這輛車在行駛，世上的一切聲音瞬間消失。

天空一片蔚藍，萬里無雲。彷彿遠山在朝他們招手。

繼續這樣下去，哪裡都去得了。正當他有這樣的感覺時，前方出現往左的大彎道。當他繞過彎道時，這才看見前方停了好幾輛警車，幾乎完全堵住了道路。

秀明握緊方向盤。

「媽。」

他出聲喚道。

「……小秀，謝謝你。」

不知為何，妙子向他說謝謝。

秀明心頭一亂，不由自主地踩下煞車。

警車的車陣逐漸逼近。眼前出現一道縫隙，勉強可供一輛車通過，秀明直接朝那裡衝去。

說時遲，那時快，車身突然下沉，一陣震動，方向盤往左右亂飄。

似乎是在地面上擺設了附有尖針的釘刺帶。輪胎爆胎，冒出白煙，秀明的車子一路擦向隔音牆，就此停下。

手持透明盾牌的員警們一擁而上。

從他開始逃亡的市街到這裡，只有十三公里，離通往本州的關門橋，還剩九公里。

當然了，就算通過關門橋前往對岸，也不會有什麼好事在等著他。

車子停下後，不知過了多久，秀明一直臉埋在方向盤裡。

飆車、猛打方向盤、警笛、直升機，以及釘刺帶造成的爆胎，原本充斥耳中的聲響全都消失。

抬頭一看，原本理應是被手持透明盾牌的警察們團團包圍才對，但此刻他卻聽不到他們的怒吼聲和腳步聲，宛如警察全都離去一般。

叩、叩。

當外頭靜靜傳來敲打車窗的聲音時，秀明微微鬆了口氣。他心想，原來我沒被拋在這裡啊。

「你自己可以下車嗎？」

他繼續把臉埋在方向盤裡，耳邊傳來這個聲音。他在心裡規規矩矩地回答道「可以，我能自己下車」，但他不確定是否真的已出聲回答。

叩、叩。

又有人敲打車窗。

我果然沒出聲。

緊接著下個瞬間，響起一個熟悉的聲音。

叩、叩。

「秀兄，你醒著嗎？秀兄？」

不知為何，傳來的竟是小沼悟的聲音，這麼說來，這裡是二十多歲時上班的那家靜岡工廠提供的員工宿舍。

「嗯，我醒著。」

雖是單人房宿舍，但房內空間狹窄，躺在床上只要雙手張開，就會碰到左右兩邊的牆壁。不過，第一次離家獨自生活，感覺很新鮮，牆上的小層架裡擺有號稱世上最美車款的Jaguar E-Type模型。

每天早上走出這狹小的房間，總會先前往一樓的盥洗室。盥洗室很寬敞，可供七、八個人一起刷牙的石造流理台，共有四道。不過，背後同樣也是一整排廁所，一早上班前，常有人會在廁所裡大號。

可能也是因為這個緣故，大家都是到外頭刷牙。晴天就不用說了，就連傾盆大雨的日子，也在屋簷下一字排開，望著水田前方的東名高速道路刷牙。

「秀兄，今天晚上你一樣要去MARUMOSU打撞球嗎？」

這才發現，小沼總是站在秀明身旁刷牙。

「對啊，我會去。你也要去嗎？」

「對，我要去。」

「那麼，等下班換好便服後，你到停車場來。」

約定好後，小沼一臉開心地回盥洗室漱口去了。

長得像小猴子的小沼，在秀明到工廠工作時，就已經遭到霸凌。在這種地方，人數多說話就大聲。幸好秀明是和一起辭去鐵工廠工作的三名夥伴轉到這家工廠上班，才第一個週末就和宿舍裡稱霸的那群人起了點小衝突，不過因為秀明曾參加過橄欖球社，體格魁梧，另一名同伴則練過極真空手道，是擁有段數的高手，在動手開打前便與對方達成了協議：「我在這裡的這段時間，我們彼此就互不干涉吧。」

被這群人霸凌得體無完膚的，就是小沼，辛苦賺來的薪水，都被他們玩撲克牌耍老千給訛詐光了，因為沒辦法過日子，只能向他們借錢，為了免去利息，一直都得供他們使喚。

小沼之所以主動接近秀明，是因為他們的方言。小沼是在埼玉出生長大，但父母是北九州人，所以這是他聽慣的語言。

秀明他們並不想拯救小沼脫離工廠內黑暗的霸凌。單純只是因為小沼總是那慌張的模樣，或是他平時總以飛快的速度用敬語說話，讓人覺得有趣。

舉例來說，像秀明問他：「小沼，這裡的合約到期後，你打算怎麼辦？」他會回答說：「我還是想回大學念書，不過，這還是得仔細思考再決定……」他雙手抱頭，一本正經地說他想在大學攻讀社會福利課程。

不過，他是否真的朝這個目標努力呢？其實不然，每次薪水一入袋，就會被那群霸凌他的人搶走，非但沒存到學費，還基於個人嗜好，在早市買了許多也不知是真品還是贗品的古董碗，白白浪費錢。

「小沼，你也要去打撞球嗎？」

不知道是什麼時候的事，某天早班和晚班輪替時，空出了半長不短的時間，不適合上床就寢，於是秀明邀小沼到他常去的MARUMOSU打撞球。

秀明就只是隨口問了一聲，馬上便準備前往。

「秀兄、秀兄，抱歉，請等一下。」

小沼打開門，用力拉住他手臂。

「什麼事？」

雖然覺得麻煩，但秀明還是走進小沼房間。

「這東西是我在古董市場找到的，送給你。」

小沼硬將一個大碗塞了過來。

「為什麼送我？不用了。」

「沒關係啦，因為我想送你。」

「為什麼？」

「我買這個東西時，不知道為什麼，腦中浮現你的臉，這個陶器一定存在著某個命運，我認為這應該屬於你才對。」

「不不不，不用了。你當初一定是花高價買下的對吧。」

「一萬日圓。」

「你腦袋有問題啊？你為了我買下這個東西？」

「與其說是為了你，不如說是為了這個陶器……」

秀明接過他遞出的碗。

雖然不知道這叫什麼燒，但它整體的顏色看起來就像沾了泥汙的白雪，還有一條橫向的淡淡藍線。

小沼在古董市場挖到的向來都是不值錢的破爛，這可不是欠缺這方面知識的秀明他們自己這麼認定而已。某天，對此感興趣的秀明他們，還帶著小沼以前買的盤子到古董市場，找一位好眼力的老闆鑑定。

「這種是為了當贈品而大量燒製的陶器。」老闆笑著道。

「走走走，打撞球去。」

秀明將碗擱在棉被上，摟著小沼的肩膀走出房間。

後來知道這個碗價值百萬，是他辭去在靜岡和千葉的短期打工，回到博多後，在一位學長擔任店長的卡拉ＯＫ酒吧工作時得知的事。

當時有個當紅的寶物鑑定節目在博多錄影，那位學長的父親是古董迷，躍躍欲試地參加了節目，當時秀明開車送他前往，順便也帶上手邊這個小沼送的碗。

他當然不期待這能鑑定出什麼高價，而且平常都拿它來吃泡麵。其實秀明辭去靜岡工廠的工作時，小沼要他無論如何也得收下。雖然覺得累贅，但既然小沼都那麼說了，硬是拒絕也過意不去。

在寶物鑑定節目中，他猜價格是三萬日圓，沒想到鑑定的結果是一百萬日圓，會場整個為之沸騰。當時他的模樣當然是在全國播放，朋友們就不用說了，就連人在老家的母親也打電話來說「我看到電視了」。

當時離他辭去靜岡工廠的工作，已有好幾年了，而過年時，他收到小沼寄來賀年的電子郵件。

秀明馬上回信說，你送我的碗價值百萬，我們一起平分吧，而自己的眼光第一次得到證明的小沼，似乎也相當高興，兩個星期後從他當時上班的廣島工廠搭新幹線前來祝賀。

最後，那個碗在學長父親認識的一位古董店裡，只賣了七十八萬日圓，但小沼說「這是我送你的禮物，就不需要和我平分了」，但秀明還是跟他說「這種事就該平分才開心」，在咖啡廳裡不讓其他客人看到，拿出萬圓鈔一張一張平分。接著他直嚷著「去揮霍一下，去揮霍一下」，在中洲出外喝酒的那一晚，他們勾肩搭背，相互歡笑，儘管跌倒在地，仍舊止不住從腹中湧現的笑聲，好不快活。

「啊～真的醉了！」

秀明躺在架在中洲上的橋邊，依舊朗聲大笑。

「……小沼，你今後也儘管買那些破爛吧。到時候我們就變大富翁了。」

「可是秀兄，每次我買，你都說浪費錢。」

「啊，這麼說來，不是你的關係，是我沒有眼光嘍？抱歉，抱歉。」

中洲的醉客們在路過時，望著倒在地上笑個不停的秀明他們，覺得很稀罕。當中甚至有醉漢覺得有趣，也跟著躺在一旁，望著天空問：「這樣可以看到什麼？」

叩、叩、叩。

秀明不懂，為什麼這種時候會想起小沼。一路逃亡的結果，被手持盾牌的警察團團包圍，如果這時想起心愛的女人倒還能理解，就算是想起兒時的歡樂回憶，那也能懂。但為什麼此刻浮現腦中的，是和那個曾短暫當過自己小弟的小沼，在中洲一起度過的那一晚？越是思考箇中緣由，頭腦越是混亂。

叩、叩、叩、叩叩。

敲窗的聲響明顯越來越粗魯。

「小秀……」

這時後座傳來母親的聲音，秀明這才微微把臉從方向盤上移開，對母親說道：

「媽，妳坐著別動。妳亂動的話，會有危險。知道了嗎？」

他緩緩抬起頭，看得出包圍在車子四周的警察們全都繃緊神經。

「我要出去了。媽，這很危險，妳千萬不能亂動。」

秀明緩緩舉起雙手。

一直在敲打車窗的警察對他下達指示：

「拆開安全帶，解開門鎖。聽好了，要慢慢來。車門由我來開，解開門鎖後，要馬上舉起雙手。」

秀明依言而行。

當車門一口氣被打開的瞬間，各種聲音同時湧入車內。直升機的螺旋槳、警車和消防車的警笛、警方的無線電，以及警察們的皮鞋發出的聲響。

緊接著下個瞬間，他的手臂遭到拉扯，就像要硬生生扭下似的。當他被拖出車外，膝蓋抵向地面時，就此在沒抵抗的狀態下遭到許多隻腳和盾牌的壓制，待回過神來，他的腳、身體、手臂就像分處不同場所般，感到一陣劇痛，同時臉頰感受到柏油路的灼熱。

「已拘捕！已拘捕！」

警察在他耳邊重複同樣的話。

「喂，別動！」

「手銬、手銬！」

「確認車內後座。」

「已成功保護一名女性！」

現在是什麼情況？

「我沒事，我沒事。請好好對待那孩子，請好好對待那孩子。」

母親央求的聲音逐漸遠去。

「好，要拉起來嘍。」

一聽到這個聲音，背後頓時輕鬆許多。剛才沒注意到，有多名男子的膝蓋緊緊抵向他背部。

他被人架住雙臂站了起來，蔚藍的天空率先映入眼中。但旋即又被人一把按住後腦，押進眼前的警車內。

「解除封鎖！解除封鎖！」

在這樣的聲音下，載著秀明的這輛車立即發動。

秀明不經意地轉頭往後望。仍有多輛警車和警察圍著他那輛爆胎的車子。

車子停下，好像已是好久以前的事。不，如果是這樣的話，之前因為單行道逆向而被警察攔下，他幾乎在無意識下踩下油門的那個瞬間，感覺則像是好幾年，甚至是好幾十年前的事了。

如果是這樣，他已經逃了好幾年，甚至好幾十年。這當然是不可能的事，但像這樣被反手綁在身後，坐著警車行駛在都市高速道上，便清楚地覺得，自己彷彿載著母親持續逃亡了數年，甚至數十年之久。

「你叫什麼名字？」

一旁的警察突然一把抓住他的手臂。對方當然是第一次見面，但他就是剛才一直敲著車窗的那名警察，他記得這個聲音。

「福地……福地秀明。」

雖然不清楚自己是否清楚地發出聲音，但這名警察似乎聽見了。

年紀？

住址？

坐車內後座的女性是什麼人？

那輛車是偷來的嗎？

面對接連的提問，秀明逐一慢慢回答。警車在接下來的出口駛離高速道路，眼前有紅綠燈，有斑馬線，有十字路口，有便當店。一看到這平凡無奇的風景，他突然全身顫抖起來。

秀明還是小學生時，父親大悟擔任地方上的運動委員。頭銜看起來煞有其事，但簡單來說，他的工作就是星期天負責管理附近小學的體育館，早上前往開門，出借給地方的老人會體操社團，下午供媽媽排球隊使用，晚上供工商會的青年籃球社使用，關門時間到了，就熄燈上鎖。

話雖如此，倒也不必一整天都待在體育館裡，說得誇張一點，只要早上開鎖，晚上上鎖就行了。

父親之所以擔任運動委員，是因為當時秀明身體虛弱，父親想跟著他一起鍛鍊體力。

事實上，秀明小時候常感冒。如果在外頭遊玩淋雨，一定會感冒，洗完澡頭髮沒吹乾，或是流汗沒擦乾，就會發燒。

他大多會先全身發抖，與其說是寒氣，不如說是身體的核心正與某個東西在對抗，是一種全身抽動的感覺。不過，身體會逐漸發熱，變得全身癱軟無力。當時應該很難受，但現在不知為何，那種感覺化為一種平靜之物保留了下來。

秀明喜歡晚上的體育館，建在一片漆黑的操場上，窗口照耀出輝煌亮光的體育館，宛如一艘太空船。

在上鎖前三十分鐘，父親帶著他前往體育館。籃球、羽毛球、排球，練習的種類多樣，但是在那近乎刺眼的燈光照耀下，汗流浹背的大人們看起來無比神聖。

如今回想，他們單純只是當地的運動愛好者，但看著那統一的制服、純白的球鞋、他們的跳躍和叫喊聲，就像在看職業選手比賽一樣。

館內如果有多餘的空間，父親就會鋪上墊子，練習前翻和側翻，或是從體育館的這頭跑到另一頭，請秀明用碼表幫他計時，這種感覺就像整個體育館被他們包場。當中父親最擅長的就屬攀繩了。

有條粗大的繩索從體育館的天花板一路垂降而下。

「爸，你在幹什麼？」

父親抓著那條繩索，一路順暢地往上爬。轉眼已爬到二樓的扶手一帶，父親甩動身體，搖晃繩索，從扶手處爬上了二樓。

秀明就像在看馬戲團表演般，興奮極了。

「秀，你把那條繩索拿過來給我。」

秀明依言將繩索拉過來，靠向人在二樓的父親後，父親馬上撲向繩索，這次改為順著繩索而降。

「秀，你要不要也試試看？」

「嗯，我要試。」

他跳向繩索，搖晃的繩索很不穩定，遲遲爬不上去。但掌握到用大腿夾緊繩索的竅門後，就能順利往上攀爬，連他自己也覺得很有意思。

「哦，秀，挺厲害的嘛。」

「我可以爬到更高的地方。」

「那太危險了，今天到這兒就行了。」

「不會有事的。」

「秀，夠了。」

「爸，我想跟你一樣，跳到二樓去。」

「你現在還不行啦。」

父親的笑聲傳向體育館的天花板，看起來無比高遠的天花板也就此變近了。

相反的，從繩索上往下望，體育館倒顯得沒那麼寬敞。在一旁的球場練習的人們看到他們，都大吃一驚。

「秀，慢慢下來。」

父親在底下敞開雙臂等他，就像是在說，你什麼時候掉下來都沒關係。

秀明覺得自己現在要爬多高都不成問題。

當時父親在一條從小文字通轉進的鬧街巷弄，經營一間小料理店。是一間有七人座的吧台加上一間和室包廂的小店，但原木作成的吧台總是擦拭得光可鑑人，在小小的甕裡裝入海參、海參腸、白魚一起蒸煮而成的料理、在境港捕獲的松葉蟹、天然河豚的生魚片等，這些做工講究的料理頗獲好評，天天生意興隆。

父親有個小他六歲的弟弟，秀明都叫他「進哥」，和他感情很好。當時應該才二十七、八歲。

進因為被捲入一起交通事故而喪命。據目擊者所言，有輛車突然切入，進朝他按喇叭後，那名駕駛下車理論，進幾乎是被他拖出車外，就此遭後方駛來的一輛卡車輾斃。

父親當時悲慟欲絕，就連身為孩子的秀明都擔心父親是否會就此崩潰。

喪禮當天，父親因悲傷而流下血汗。雖然不清楚是否能得到科學證實，但父親當喪服穿的白色襯衫，確實像染色一樣，變成紅色。

而對父親進一步落井下石的，是這場事故的審判結果。

將進從車裡拖出的男子，是一位名叫重野杜夫的大學生，家裡代代都是地方上的議員。

重野議員就只有一次帶著兒子到父親跟前向他謝罪。

「此次的事件，還望節哀。雖說是一起意外事故，但人在現場的小犬現在每天都深切懊悔和反省，氣自己當時為何沒能想辦法避免這樣的意外發生。」

重野謝罪的內容大致如上。

父親當然是一把揪住了對方。

因為你兒子的緣故，進就此送命。這就如同是你兒子殺了他一樣。

在法庭上，法官接受了重野他兒子的證詞。

雖說我是男人，但要把同樣體格的男人硬拉出車外，實屬困難，而且進被卡車撞飛時，我已準備離開現場。

雖然有多位目擊者和證人出庭作證，但都與進他們的所在處有一大段距離。

當中有一人作證說道：

「我看到被告將被害人推向卡車駛來的車道上。把人推出後，他馬上就轉身想回到自己車內。」

但從反方向目睹事件的其他證人，則因為被車門阻擋，看不見現場的情況。

進常帶秀明開車兜車。

「秀，現在前面那輛車閃著名叫警示燈的黃燈，你看到了嗎？那是謝謝讓我超車的意思。現在叔叔不是關掉頭燈了嗎？這是為了不讓前車感到刺眼。」

進常會像這樣教秀明開車禮儀。一來也是因為秀明原本就喜歡車，這是他想知道的事，不過，進也曾經說過，素未謀面的人像這樣互相禮讓，以車子特有的方式相互傳達感謝之意，他很喜歡這種感覺。

秀明對車種的認識，幾乎都是跟進學的。每當有罕見的外國車或老爺車駛過，進都會刻意跟在後頭。

秀明當時雖然還只是個小學生，但連他也深深覺得審判的結果有問題。

愛車成痴的進，重野他兒子竟然說他開車挑釁，怎麼想也覺得不可能。

審判結束後，父親看起來變得無比憔悴。光看就知道他體重減輕許多，眼窩和臉頰也變得凹陷。

雖然還是勉強繼續做生意，但就像力量突然洩去般，明明客人事先訂位，卻突然歇業，鬧出不小的風波，秀明是從父母的爭吵中得知此事。

三年後，秀明升上國中那年，父親因肝病辭世，但父親死後從母親口中得知，父親當時對於進的白白喪命，說什麼也不能接受，剛好那時候有名黑道人物對他說：

「你有什麼困難的話，隨時都可以來跟我說。」

這名男子所屬的幫派管轄地盤，正好就是父親的店面所在的鬧街，雖然和父親沒有直接的關係，但店面所在這棟大樓的持有人，似乎都會付他們幫派保護費。

聽母親說，父親當時相當苦惱。

他以近乎祈求的心情期待法院主持公道，結果卻是沉冤未雪，而仰賴的那位律師也拐彎抹角地說，這事雖然很不合理，不過，那位議員與警察高層交誼深厚，對上他沒有勝算，對於上訴一事一直提不起勁。

再這樣下去，進可就真的是白白喪命了。

當時父親雖然抱持著這樣的苦惱，但仍持續擔任星期天的運動委員。秀明也一定會和父親一起去體育館。他想攀繩爬到比之前更高的地方，讓父親見識一下。但之前完全不會覺得可怕的高度，不知為何，現在卻感到膽戰心驚。

以前明明覺得不管爬多高都不成問題，但現在往前伸出的手卻顫抖不停。

父親仍像之前一樣，在底下張開雙臂。但秀明已不覺得自己能一直往上爬。

幾經苦思後，父親似乎拒絕了黑道的提議。

是怎樣的提議，母親沒說，但之後秀明長大成人，在鎮上聽到類似的傳聞，就此明白父親得到什麼，失去什麼。

「我想了很多天，如果是進的話，他會怎麼做，這個問題我真的想了很久……」

某天，父親似乎向母親說出心裡話。

「這種不甘心的感覺，實在教人嚥不下這口氣，但就算我替進報了仇，進也不會高興。我總覺得，進會對我說：『哥……你這麼做的話，就跟重野父子成了同一類的人了。』每天早上醒來，我都在想：『我最後會變成怎樣都無所謂，我要把妳和秀明送往遠方，為進報這個仇。』

但這麼一來，就像進說的，我會變成跟他們一樣的人。我不想再讓任何人侮辱進了。」

父親的這個念頭，秀明打從心底感到驕傲。秀明認為，自己算不上是個認真面對人生的人，但這一路走來，絕對不能拋下的堅持，他一直都緊守不放。而促使他這麼做的，是當時的父親，以及進以自己的人生打消父親報仇的念頭，一直以來秉持的生活態度。

然而，這個社會對於秀明、父親、進，他們三人微不足道的驕傲，卻只是簡簡單單地一笑置之。父親和進付出生命去守護，秀明想加以沿襲的信念，如此簡單地被人遺忘。

重野杜夫的兒子，接下父親的地盤，現在成了議員。

從警車車窗看到的，是熟悉的小倉街景。

坐他兩側的警察都比秀明來得壯碩，有人稍微動一下，振動就會傳向緊貼的手臂。

「到了警局會問你詳細情形，不過我很好奇，你為何要做這種事。」

警察的口吻比一開始來得平靜多了。

兩人交談了一陣子，警察逐漸明白，秀明的飆車行為不是因為嗑藥、喝酒，也不是因為有精神障礙，而且秀明有問有答。如此一來，像秀明這麼普通的男人，為什麼會突然有這種飆車行為，這反而更教警察百思不解。

「你為什麼要這麼做？而且後座還載著你母親。」

從剛才起，每次反覆問到這個問題，秀明自己也在想這到底是為什麼，努力想要回答，但不知為何，浮現腦中的淨是與飆車無關的昔日記憶。

「不好意思，請問家母人呢？」

因為秀明第一次主動發問，車內一時緊張起來。

坐在前座的警察馬上冷淡地應道：

「她搭救護車，跟在後面。」

「這事和家母無關。」

「嗯，我知道。」

回答的是坐在他身旁，從剛才起便一直提問的警察。

「……你渴嗎？」

在警察的詢問下，秀明馬上回了一句「不會」，但頓時發現喉嚨渴得發疼。

「喂，前面有水吧？」

警察朝前座伸手，遞來了一瓶寶特瓶裝的礦泉水。

「你等一下哦。」

警察為雙手受縛的秀明轉開瓶蓋，將瓶口抵向他唇前。

「這樣能喝嗎？」

「可以。」

秀明點頭，水就此滿出，沾溼他的膝蓋，他不予理會，把嘴湊向前。從傾斜的瓶子流入喉中的，是微溫的水，但他還是咕嘟咕嘟地暢飲。

「因為一直都有電視實況轉播，所以等到了警局後，會聚集許多媒體人士，不過你只要像這樣保持冷靜就行了。我會好好下達指示，你只要默默低著頭走即可。要盡可能別讓鏡頭拍到你的臉。」

「是。」

秀明坦率地點頭後，那名警察就像還是無法理解似的，再度向他問道：

「不過話說回來，你為什麼要做那種事？」

「……你在市公所不是因為單行道逆向，而被攔下嗎？和那名警察之間發生什麼過節嗎？」

「不，沒有。」

「這麼說來，明明什麼事也沒有，卻突然逃走是嗎？」

「……是。」

「是什麼是啊，你也真是的……你應該不是無照駕駛吧？」

「不是。」

「去市公所辦什麼事？」

市公所的長形受理櫃台，大大寫著①～⑦的號碼，同時以拉麵店供單獨客人用的隔板隔開。

秀明他們抵達時，才剛開始受理不到十五分鐘，但從自動發票機掉出的受理號碼已來到十二號，還沒排到①到⑦號的人們都坐向背後的長椅。

「……去辦生活補助的申請。」

可能是間隔太久，面對秀明的回答，警察反問一聲：「咦。你說什麼？」接著複誦了一遍：「啊，市公所？哦，去辦生活補助。」

車內的無線電響起，車內眾人都豎起耳朵聆聽。因為有許多專業用語，秀明聽得一頭霧水。無線電掛斷後，一旁的警察像是突然想到似地問道：

「你一直都領取生活補助嗎？」

「沒有。」

「哦，是去提出申請對吧？」

在窗口接洽的，是一位看起來很資深的女性職員。她以客氣的口吻，很親切地做各項解說。

秀明送貨的工作合約到期，已過了兩個月。前不久他才剛和母親搬完家。房東多少補貼了他們一點搬家費，不過，行李送去的那間兩房一廳一廚的公寓，從窗戶望出去，只看得到隔壁住家的牆壁，看不到生鏽的鐵工廠以及波光粼粼的運河。

自從知道工作合約到期後，秀明馬上勤跑職業介紹所。如果他放寬條件，還是找得到工作，但這樣無法供他們母子倆生活。相反的，那些條件符合，足以供他們生活的工作，他的年齡和資格都很快就被刷掉。

他真的很歉疚。能做的他都做了，但到頭來卻只能仰賴生活補助，這樣的現狀實在丟人，而他想早日脫離這種狀況的決心也很堅定。

只要一陣子就行了，希望能助我度過難關。只要一陣子就行了，我需要時間讓內心平靜下來。

「沒關係的，請您不必這麼介意。因為每個人都有各種苦衷，這制度就是為此而設的。」

接洽的這位女性職員沒有惡意，秀明自己當然也知道。對方只是告訴他，你是符合申請生活補助資格的人。

但不知為何，他覺得快要喘不過氣來。受到這樣的認同，申請獲准，感覺好可悲。

昨天晚上又和遙子見面，她先生似乎到東京參加醫師間的聚會。同樣約在平時見面的賓館，不過因為可以過夜，所以選了附露天浴池的房間。

比平時休息的房間多出一千五百日圓，不過從設置在陽台的檜木浴池可以飽覽玄界灘粗獷的景致。

平時他們都是窩在沒有窗戶的房間裡，但秀明很驚訝，沒想到大海離他們這麼近。浪潮聲原來這麼近？

當他坐在檜木浴池的外緣望著大海時，遙子把臉埋進他的兩腿之間。

她濡溼的背部因月光而顯得蒼白，遙子紅色的舌頭柔軟、火熱。

他以拇指的指腹輕撫，那火熱的舌頭旋即纏向他的手指。

「妳疼嗎？」

秀明問。

遙子一面吸吮，一面頷首。

秀明粗魯地一把揪住遙子的頭髮。遙子就此伸長脖子，脖子同樣因月光而顯得蒼白。

秀明輕撫她的脖子，遙子吞了口唾沫，那振動清楚地傳向秀明的手掌。

「小秀，你也會疼嗎？」

遙子吻向他的陰莖前端。

「不會。」

秀明搖頭。

「……而且，我不懂這話的意思。」

「意思？」

「妳說的疼……」

「如果現在就是世界末日，你會後悔嗎？」

遙子突然抬起臉來。

「不，不會。」

秀明微笑道。

「那麼，你也算疼。」

不懂她的意思。不過，既然遙子這麼說，那就是吧。

載送秀明的警車，已穿過車站前的鬧街，正駛進重新開發的小倉城遺址地區。

這次事件開端的市公所就在那裡，單邊就有三線道的寬闊馬路旁，有公園、市立文學館、美術館等嶄新的設施，整齊地排成一列，看起來比蔚藍的蒼穹還要遼闊。

來到跨越紫川的橋梁前，警車因紅燈而停下，秀明不經意地望向窗外，一旁同樣停著一輛車在等紅綠燈。

正當秀明準備將視線移回車內時。

在旁邊那輛車內手握方向盤的男子，突然轉頭望向他。

不知為何，秀明急忙別開目光。

那名手握方向盤的人是石松。他正望著秀明，嘴角輕揚。

他想起昨晚與遙子間的情事，但萬萬沒想到接著眼前會冒出石松這張臉，他重新望向一旁的車子。

石松已沒望向他，手握方向盤，直直地望著前方。

「怎麼了？」

警察察覺秀明的動作有異，出聲問道。

秀明搖頭應了聲「沒事」，視線移往反方向的窗外。

一群像是觀光客的群眾走過他們前方的斑馬線。

當燈號由紅轉綠的瞬間，石松車子的輪胎發出一陣摩擦聲，瞬間加速前進。

警車的駕駛被這個聲音轉移了注意力，沒馬上向前駛出。

石松的車加速越過橋梁。

「啐。」

坐前座的警察暗啐一聲，就像在說，如果是平時，肯定馬上追向前去。

不知為何，秀明感到心跳加速。

他不覺得石松的車子從旁駛過純屬偶然。

最近有一陣子沒聽到石松的傳聞。因為掃黑條例，使得石松所屬的暴力集團被迫解散。

雖說是解散，但也只是表面上而已，聽說石松還是過著和以前一樣的生活，還因為成天飲酒搞壞了身體，就此住院。

警車緩緩向前駛出，過橋後，前方就是警局了。

遠遠可以望見警局前方聚集了許多媒體人士。

這時，擋風玻璃前的風景，看起來像是突然變得扭曲變形。

雖然不知道在那幕光景中發生了何事，但肯定有事發生。

緊接著下個瞬間，車子緊急煞車，秀明他們的身體全都重重地往前傾。

他看到了那個造成這一切怪異現象的元兇。

石松的車在橋的另一頭大迴轉，逆向朝他們直衝而來。

「喂喂喂！」

車內響起某人的叫喊聲。

石松的車不斷逼近。

急切方向盤的警車嚴重左傾，秀明他們就像要被拋出車外般，從座椅上滑過。

警車整個橫向停住，擋住了車道，這時，石松的車撞向後車廂的部位。

伴隨著強烈的撞擊，秀明他們乘坐的警車整個轉了半圈。

秀明清楚看見石松開車撞來的那個瞬間臉上的表情。他那張嘴大喊的表情，看起來像在生氣，也像在笑。

待強烈的衝擊結束後，秀明與坐他兩旁的警察這才從交疊在一起的狀態下離開彼此。甫一離開，便感覺到周身疼痛不已。

這時，後座的車門被打開。

「快逃！秀！快逃啊！」

傳來石松的叫喊聲。

秀明護著自己疼痛的肩膀，抬起臉來。

眼前出現石松那張臉，因鮮血而染紅的一張臉。

警察踩過秀明的身體，來到車外。

已經從前座走出的警察，繞到石松背後將他架住。

石松轉眼便遭到警察們壓制。

但他還是扭曲著那張染血的臉龐，大聲喊道：

「快逃！秀，快逃啊！」

他在警察們的臂膀下掙扎，那張染滿鮮血的臉龐，就只有白牙和眼白動個不停。

秀明像滾出車外似的，來到外頭。

此時他當然已無意逃跑。他明白，就算逃，也不會有什麼結果。說得更明白一點，他已無處可逃。

但身體還是不由自主地動了起來。

儘管他雙手縛在身後，步履搖搖欲墜，但他還是站起身，邁步向前走去。

「喂喂喂！」

耳邊傳來警察們的聲音。

但秀明還是跑了起來，橋上有許多車輛緊急停下，他從車陣中飛奔而過。

不過，因為雙手縛在身後，他跑得越快，越失去平衡。最後雙腳打結，難看地跌倒在地，無技可施。

逃吧，純純的愛

奈奈，我終於知道妳平時擦的香水是什麼牌子了。

昨天我到高島屋，將化妝品專櫃的香水從頭到尾聞過一遍。一個大男人四處嗅聞女人的香水，怎麼看都像是個怪人。所以當店員出聲問我時，我說「我在找禮物要送女朋友」，講完之後，她們馬上以無比親切的態度接待我。

不過，一次聞了好幾種相似的香水，鼻子都出問題了。一開始我不懂，直接將香水沾在自己的手臂上來聞，結果多種氣味混雜在一起，聞得我頭暈腦脹。但後來有位店員告訴我，她們有一種像便利貼的紙可供嗅聞。我心想，既然這樣，早說不就得了。

每家店都會問我：「您在找哪種感覺的香水？」每次我都不知道該怎麼回答。「柑橘類的香水如何？玫瑰香也很受歡迎哦。」就算她們這樣向我推薦，我也不知該怎麼回答才好。如果真要說是怎樣的氣味，那就是奈奈平時的氣味，但我總不能這樣跟店員說吧。

最後，我猜應該就是這一款香水了，在此宣布品牌。是迪奧的「Miss

Dior」！

不對嗎？我可是很有把握呢。

最近都在查沖繩方面的資訊。因為天數有限，不知道能否到離島逛逛，不過，妳說的竹富島，我不想錯過。

晚安。

潤也，一開始你對我說：「我想和妳交換日記，不是傳LINE或電子郵件那種。」我當時嚇了一跳，但後來看了你寫給我的文章後，就像清楚傳來你的聲音般，雖然有點不好意思，但也開始希望能一直這樣持續下去。

不過，這樣的文章感覺不同於平時的聊天，或是LINE和電子郵件，教人覺得很不可思議。

對了，「Miss Dior」，你答對了。

你真厲害。

香水很多都是類似的氣味，但你竟然找得出來，真令我吃驚。不過話說回來，想到你在高島屋的化妝品專櫃四處遊蕩的模樣，就覺得好笑。

之前我也說過，我喜歡芳香的氣味，但平時我都沒辦法擦味道太濃的香水，所以在入浴時點燃我喜歡的精油，算是我個人小小的奢侈享受。

對了潤也，你說過，你平時都只沖澡對吧。還說泡熱水澡就像在玩懲罰遊戲一樣，但把水溫調涼，又會挨家人罵。

我和你相反，只要有時間的話，泡上好幾個小時我也願意。

想到真的可以一起去沖繩，就有點緊張。對了，我常看的女性雜誌，這個月的附錄剛好就是沖繩旅遊指南，我看了嚇一跳。上面的飯店稍嫌高級了點，不過上面寫了很多家石垣島上新開的果昔店，下次見面時，我帶去給你看。

再寫下去的話，可能無法停筆，所以就寫到這兒吧，晚安。

說到今天談的事，剛才我回家後細想，關於那霸的飯店，其實妳應該會想住貴一點的吧？是不是呢？

如果真是這樣，我希望妳能跟我直說。當然了，房價四、五萬日圓的飯店確實住不起，但兩萬左右的話，我還出得起，既然難得去一趟，那就還能接受，我不希望將來後悔。

奈奈，我知道妳是顧慮我。或許不該說是顧慮，而是替我著想，對吧？這大概是因為現在的我還無法徹底讓妳放心。

或許還得再花上一段時間，但我會加油，讓妳更信任我。就這麼說定了。

感覺講得有點沉重。

抱歉。

我這週的預定行程如下。星期六，柏太陽王[3]睽違三週的主場比賽！在球季中偶爾會有這種情形，不過，三週的空白，連我也熱情消退了。

不過，我也不可能跟著他們全國跑，所以這個星期六，我打算去大聲加油，把累積三個禮拜的分一次喊出來。

希望日後也能和妳一起去，不過，一遇到柏太陽王的比賽，我就會變得很興奮，大概會被妳拖走吧。但還是希望哪天能一起去。

對了，奈奈，妳說在文化會館舉辦的那場古典音樂，我回來後馬上查了一下。當初在學校要是能認真一點上音樂課就好了。

像我這樣的人，去聽音樂會真的沒問題嗎？演奏時不是都鴉雀無聲嗎？我應該是不會睡著，但待在安靜的場所，不知為什麼，就會想打噴嚏。

但就像妳說的，要試著投入全新的世界，這點真的很重要。因為要是都自己挑選的話，就都會是同樣的東西了。

不過，蕭邦是吧。我只聽過名字，沒聽過音樂，老實說，有點怕呢。

3. 日本千葉縣柏市的足球隊，J1聯賽的球隊之一。

先來談文化會館獨奏會這件事。抱歉，我也沒想太多，就直接開口向你邀約，沒想到給潤也你帶來這麼大的壓力。

我很抱歉。你真的不用勉強！只是因為表演的那位鋼琴家是我朋友，剛好送我門票。

看到潤也你寫到柏太陽王的事，我也做了點反省，覺得自己在這方面真的還有待加強。你都不會將自己的嗜好強加諸在我身上。當然，我也沒有要強加諸在你身上的意思，不過，我沒像你一樣，會想到「也許對方不喜歡足球」，就只是完全照自己的意思向你邀約。

不過，潤也你想事情很周全。我覺得你這方面很可靠。

之前在柏葉Ｔ－ＳＩＴＥ的星巴克遇見你時，你也給我這樣的感覺。

其實當初我自己也不清楚，為什麼會那麼自然就和你聊了起來。離開星巴克後，我們一邊逛店內的雜貨店和露營用品店，一邊在歡笑中度過那段時光，為什麼能做到呢？

不過，現在我很清楚原因。

一定是你在很多方面考量到我，沒讓我發現。一切都以我的感受優先，一直都陪在我身旁。

經這麼一提才想到，當時我不是看到一輛單車，說「好想送我媽當禮物哦」嗎？後來我決定和妹妹兩人合買送給我媽。

我問媽媽意見，結果她說，她比較喜歡電動自行車。

我和你都算是比較不擅言詞的人，面對面總是無法好好用言語表達，不過，像這樣寫在交換日記上，便覺得真的可以坦白說出許多心裡話，很慶幸你提出交換日記的提議。

今天真的是只見了短暫的一面（大概只有十分鐘左右吧？），不過睡前看了這本日記，心裡還是很開心。

鋼琴獨奏會的事，我才沒覺得有壓力呢。相反的，因為是第一次體驗，覺得很期待。不過還是有點擔心，怕自己要是不小心睡著該怎麼辦。

對了，看了妳今天寫的日記後，不知該說是開心，還是鬆了口氣。

妳忠實地寫下之前在柏葉T－SITE見面時的感覺，我看了真的很高興。

其實我一直很懷疑，甚至該說是有點擔心。

能像這樣和妳見面（就算像今天這樣，只有十分鐘也無妨），我很開心，但心裡同時又會想，奈奈該不會是想告訴我不同的事，才和我見面吧。

不同的事是什麼，我不知道該怎麼說明才好，例如說，妳很後悔和我發展成這樣的關係，但偏偏我又是這個樣子，妳無法向我明說，所以才和我約見面，想向我表明意思，但看了我開心的模樣，覺得於心不忍，於是又說不出口……

我一直在心裡想，或許妳就是這麼想，或是帶有一點這樣的心思。

不過，看了今天的日記後，我應該可以更率真地展現我內心的喜悅才對。奈奈是因為想見我，才來和我見面。

我終於有這樣的自信了。

因為妳坦白告訴我這些事，我也坦白寫出自己的想法，我從很久以前就喜歡妳。我一直都以開玩笑的口吻在妳面前這樣說，杉浦和小啟覺得好玩，常出言調侃我，所以我想妳應該也明白我的心意，不過，我對妳的愛意，大概比妳想的要高出十倍之多。

所以那天在T－SITE的星巴克見妳落淚，我難過得幾乎都快吐了。我們兩人一直都沒談到那天的事，但難得有這個機會，我一次寫個清楚，可以吧？

其實打從妳和那個男人一起走進店裡的那一刻起，我人就在店內。原本和杉浦一起，不過杉浦說他要和女友約會，先走一步，而我也正準備離開店裡時，恰巧遇見了妳。

那個人是妳的前男友對吧？坦白說，一看到那傢伙，我就感到怒火中燒，當然不可能會有好心情，但我當時心裡還是恍然大悟地發出一聲「哦～」

哦～理應站在奈奈身旁的，大概就是像這樣的男人吧。至少不會是像我這樣的男人。雖然很不甘心，但你們真的很登對。

妳和那個男人穿的衣服，看起來像是在同一家店買的。

不過，我和妳可就不是在同一家店買的了。我平時都只穿運動服。

當那個男人突然起身走出店外時，妳用我從沒聽過的大嗓門喊道：

「等一下，你別走。」

因為我們的座位有一段距離，所以我不知道你們談了什麼內容。不過，當時妳一直靜靜聽那個男人說話，而我則是一直凝望著妳的側臉。雖然不知道你們的談話內容，也不知道對方是個怎樣的男人，但我可以很有自信地說一句，當時的妳沒說謊。

妳是真心地坐在那個人面前，真心地聆聽他說話，真心地對他說「你別走」。

見到自己喜歡的對象，真心地對自己以外的男人大喊「你別走」，真的心如刀割，不過，能看到自己喜歡的對象展現真實的自我，心裡覺得很羨慕。該怎麼說好呢，我想，正因為妳是這樣的人，所以我才會這麼喜歡妳吧。

看了你的日記後，我這才明白你今天比平時更寡言的原因。我沒想到你會寫到這件事，心裡有點吃驚。應該說，現在回想起來，還是覺得很丟臉。

不過，如果你是在看過我那羞愧的模樣後，而決定最後才寫到這件事，那我或許得感謝當時那羞愧的我。

因為你坦白地寫下你的感受，所以我也要坦白寫出我的想法。

當時那個人離開後，我原本也想馬上追出去。但我雙腳發抖，恐怕一站起身向前邁步就會跌倒。

我知道店裡每個客人都盯著我瞧，而且我又叫那麼大聲，所以我巴不得馬上逃離那裡，但我雙腿發抖，無能為力。

當時我一直靜靜低著頭，想起許多事。昔日和他相遇時的種種，以及過往的歡樂，都不斷浮現腦海，等我回過神來時，已淚流滿面。

我低著頭，所以眼淚滴滴答答地落向裙子上。眼淚說來還真是不可思議。看到落下的眼淚後，它又繼續滿溢而出。因為實在太羞愧了，所以我改想別的事，不想再哭，但是看到染溼裙子的眼淚，又繼續哭了起來。

我感覺得到，坐隔壁桌的女人一直很猶豫，不知該跟我搭話好，還是叫店員來比較好，這也令我覺得很歉疚。不過，我就是沒辦法站起身。

結果我聽到潤也你的聲音。

你以笑聲說道：「老師，原來妳被甩啦，好糗哦。」

我知道自己羞得滿臉通紅，起初我真的很生氣，心想，你怎麼會講出這麼失禮的話來，覺得很不甘心，就此瞪視著你，但當時站在我面前的你，表情無比緊張，我旋即明白，你是想用你的方式，幫我脫離當時的困境。

說來也真不可思議，在我明白你的用意後，雙腳便不再顫抖。應該是覺得我得振作才行。身為老師，在自己教過的學生面前露出這種醜態，那怎麼行。

結果你說：「老師，我想請妳幫我看輛單車，我不知該買哪一輛才好。」

我當時以為你真的很猶豫。心想，你和國中的時候一樣，總是自顧自地說自己的事，真受不了，但我卻很自然地起身離席。

不過，來到單車賣場後，我馬上明白你那番話是騙人的。你隨手指了幾輛單車說：「就是這兩輛，不知該選哪輛好。」我重新朝你打量了一遍，發現你比國中時長高許多，更重要的是，不知道什麼時候變得這麼會說謊，令我很吃驚。

我們邊聊國中時的回憶，邊逛露營用品店和雜貨店，還在打掃用品店的賣場出謎題說：「猜一下，這根棒子是用來做什麼的？」不知不覺間，我朗聲笑了起來。

走出店面後，你問我：「要搭巴士回去嗎？」我回答：「我還想再走一會兒。」於是你說道：「既然這樣，那我陪妳。」

我們兩人走過十六號線對吧。那裡車多人少。

你說：「真的什麼都沒有呢，只有田地和倉庫。」

還說：「連自動販賣機也沒有。」

不過，當時邊走邊叨念這裡什麼都沒有的十六號線景致，不知為何，現在看起來是如此耀眼。

那是在FANCL的工廠前對吧。你突然一本正經地停下腳步說道：「老師，妳還會再和我見面對吧。」

當時我不是回你「嗯，很快就會再見的」嗎？我裝不知情。但你卻回答：「不對，我不是這個意思。」

你說：「我想正式和妳見面。」

我心想，如果要蒙混過關的話，一定還是有辦法。但當時看到你那認真的眼神，我認為自己有義務好好回答。

所以我回答你「不行」。

不過，現在回想，當時我已用自己的雙眼清楚地瞧過你。不是以老師的身分。

那天要是你沒停步的話，我很擔心我們會沿著十六號線一直走下去。一定會沒完沒了地持續走下去。

妳昨天該不會沒什麼睡吧？

我半夜多次醒來，不過，妳好像人不在床上，而是坐在沙發上。因為我也睡迷糊了，所以沒看時鐘，但到了早上，我才開始擔心，妳該不會一直都沒睡著吧。

難道是因為我睡前說了那些話？

不過，我的想法還是沒變，我不考慮念大學。並不是因為和妳交往的關係，昨天我也說過，這是因為我原本就對大學不感興趣。相較之下，我更想高中畢業後習得一技之長。當然了，一開始只是見習生，薪水也不高，但只要累積兩年的實務經驗，就能參加模板施工技能士二級的考試，雖然還是很久以後的事，不過，因為我沒上大學，得靠自學好好用功，最後要是能取得建築施工管理技士的資格就好了。

有兩位擔任模板工的學長，說他們可以介紹很多出路給我，我媽也是這麼希望。不過她嘴巴上總是說：「好歹去上個大學吧。」

對了，今天早上本想問妳一件事，但後來沒問。

有點難以啟齒，不過還是在這裡問好了。

昨天晚上我們在床上接吻時，妳第一次睜開眼睛看我。不過之前妳接吻時一直都是閉著眼睛。

我很開心。其實就算睜開眼睛，在這麼近的距離下，幾乎什麼也看不到，但感覺就像近距離看著彼此。

我再害羞地問一句，第一次接吻時，妳不是說了一句「潤也，你真溫柔」嗎？

我在想，這到底是什麼意思呢？

或許這句話沒什麼多深的含義，不過我其實沒什麼經驗，妳會不會不太滿意呢？

我反而覺得妳常會顧及到我，或者應該說，在很多方面妳都會配合我。

不過，站在我的立場，我覺得妳大可不必這麼顧慮我。怎麼說呢，只要奈奈妳高興，那就是我最高興的事了。

寫得好像我是個多好的人似的，不過我想說的不是這個，我其實是個欲望很深的人，不光我自己，我也希望奈奈妳會高興，能像我一樣快樂，這樣就夠了。

我一直都是這麼想。

第一次向你道歉。今天真的很抱歉。我對你說，我想停止交換日記，我實在不該這麼說。現在我深切這麼認為。

今天我沒能仔細把話說清楚，不過，我當然不是因為討厭交換日記，或是像你說的，是因為覺得麻煩，才說那樣的話。這點請你相信我。

這件事我同樣無法說明清楚，真要說的話，我其實是對交換日記感到害怕。對於你率真的想法感到害怕。

我腦中想的事，與我做的事，有著太大的落差，我很討厭這樣的自己。

當然，和你變成這樣的關係，我並不後悔。然而，雖然這麼想，但心裡卻又有另一個想法，覺得自己做了不該做的事，所以當我在交換日記中看到你寫下如此率真的想法，例如之前在床上發生的事，坦白說，我不知如何是好。

我喜歡你的這份心，還有你喜歡我的這份心，一點都不汙穢。這點我當然明白。

所以我在心裡想，我們的交往必須有所節制，但每次一見到你，就做不到。

我總是這麼不乾不脆，所以平時都是以視而不見的態度在過日子，但交換日記清楚地寫下我那視而不見的態度。

對不起。

這當然不是你的錯。我明白，年紀比較大的我得振作一點才行。

對不起。

今天又一樣只能聊十分鐘，不過，本以為妳已不願意寫，沒想到還能收到妳的日記本，真是太高興了。

妳的想法我明白，我真的明白。

我不希望妳為此苦惱。而且這和誰年紀比較大，根本一點關係也沒有。

幾經考量後，我決定定下交換日記的規則！

禁止談性的話題！

奈奈，我不想停止寫日記。說來也真不可思議，有這本日記，便覺得自己一直和妳同在。這本日記擺家裡時，就像妳待我身邊一般，而將日記交給妳時，則感覺像是我去找妳。

文章這種東西可真奇怪，寫下之後，讓人覺得心情沉重。也許坦率表達感受，會讓人心情沉重。

之前回家後，一直到就寢前的這段時間，我都是在看電視。從晚上七點到一點這麼長的時間，都是看搞笑表演，自己一個人笑。當然了，這也是很快樂的時光，但仔細想想，也許那是不想坦率面對自己的時間，不想變成坦率的自己，所以才會一直看電視吧。

所以寫下日記時，很自然就會思考，我自己是怎麼想，奈奈妳又會怎麼想，連我自己也很吃驚。

思考既沉重，又痛苦，但能一直保留下來。以前要是感到無趣，就會覺得是在浪費時間，不過，就算沒笑，時間也沒因此損失。

就是因為都寫這種事，日記才會變得這麼沉重。我該反省。

總之，如果妳還願意繼續寫日記的話，我會很開心的。

對了，很期待這個週末柏太陽王的比賽。

雖然是在蘇我球場展開的客場戰，但與市原千葉ＪＥＦ聯的比賽也聚集了不少柏太陽王的球迷，熱鬧非凡，所以我猜妳也一定會樂在其中。

對了，去年與ＪＥＦ對戰時，我方以零比一落敗，但賽後在球場外，

JEF的球迷們都誇讚我們的奮戰精神，互唱彼此的加油歌，好不熱鬧。

當時我認識了今天跟妳提到的阿司先生。這個週末的球賽，他如果沒加班的話，好像會來，我也想介紹他和妳認識。

他不是我們地方上的人，也沒有共通的朋友，所以我認為不會有問題，妳覺得呢？其實我跟阿司先生說，這次的球賽，我會和女朋友一起去，他聽了也很高興。還邀我球賽結束後一起去吃大阪燒。

妳當然不必勉強自己。如果妳有所顧慮的話，可以再等一陣子沒關係。

啊，對了。這次沖繩旅行的事，我也跟阿司先生說了。他說，如果我們要去他出生的那座島，他可以介紹我們許多有趣的事哦。

阿司先生的出生地是伊平屋島，從沖繩本島搭渡輪約八十分鐘才會抵達。不過，它與石垣島、竹富島位於完全相反的方向，所以這次恐怕難以成行。

阿司先生的表哥在那座島上經營民宿，住宿費打折就不用說了，好像還會帶我們體驗浮潛、水肺潛水、划獨木舟。

我不知道該從何寫起，該寫些什麼才好。

我一整天都在外頭徘徊，現在剛回到家。做什麼事都無法專心，感到怒火中燒。

我在車站的廁所和一個不認識的人大打出手。當時我在洗手，有個傢伙衝了進來，背包撞到我肩膀，他卻什麼也沒說，我叫他「快道歉！」，他卻置之不理。

在有人找來站務員之前，究竟發生了什麼事，我已記不得了，只知道當我回過神來時，人已走出廁所，在往下通往月台的電動手扶梯上與對方扭打在一起。來到月台後，大批人馬將我壓制。警察前來詢問情況，還問我要不要去醫院，我照鏡子後，才發現自己變成這副模樣。

原本明明就不痛不癢。

對方是一名練空手道的大學生，他說：「我很快就跟他道歉，但這傢伙卻一直向我找碴。」但我根本不記得有這回事。

現在我的臉發疼，痛得難受。

我想，這本日記應該不會交到妳手上，所以我就全寫下來了。感覺寫這本日記後，心情便平靜許多。

今天我比約定的時間早十五分鐘抵達蘇我車站。我搭上前一班電車，阿司先生則是搭下一班電車。本以為妳也是搭這班電車，但最後還是沒看到妳下車。

我看了手機。我走下電車時應該也看過才對，但妳在二十分鐘前傳的ＬＩＮＥ，這時候才收到。

抱歉。我不能去。真的很抱歉。

就只有這行字。

我馬上回信。

為什麼？我很擔心。請回電。

我等了一會兒，但ＬＩＮＥ沒顯示已讀。我打了電話，但妳沒接。

阿司先生說他先走一步，就此前往球場。

我在驗票口等了三十分鐘，感覺妳正搭著電車趕往這裡。

球賽開始的時間到了，我又傳了一次ＬＩＮＥ。

寫著「請跟我聯絡」。

但還是沒顯示已讀。

阿司先生傳ＬＩＮＥ給我，問我要不要取消大阪燒店的預約。我沒辦法答覆他。

待我回過神來，人已坐在回程的電車上。我無比焦急，很想在電車裡跑起來。我唯一想像得到的，就是妳在屋裡昏倒的模樣。我來到車廂的最前頭，望著從駕駛座的窗戶能看到的景致。

我一再確認ＬＩＮＥ。上面沒顯示已讀。我上網查詢，當獨居者昏倒時，別人可以幫忙叫救護車嗎？

網路上寫說，這種情況最好還是報警。

我抵達車站，從腳踏車停放處牽出單車，往前疾馳。我來到妳住的大樓，再次傳送LINE，並撥打手機。但妳沒接。

我在一樓的自動門前按下門鈴，但妳沒應門。

我決定再等五分鐘，如果還是聯絡不上妳，就要打電話報警，就此在大樓前的公園等候。

結果看到妳搭那個男人的車回來。

車子停在大樓前，妳從前座走下車，但沒關上車門，一直和那個男人交談。

我一開始以為是他在糾纏妳，所以我想前去救妳。但我走出公園後，清楚看見妳的臉。妳在哭。和那天在T-SITE看到妳的時候一樣。

之後男子走下車，對妳說：「抱歉，我不會再打電話給妳了。」

這到底是怎麼回事，我完全搞不清楚。

接著妳說：「你以為主動跟我聯絡後，我會很高興地跑來見你對吧。只要說一句『我想見妳』，我就會飛奔過去找你對吧？」

文章這東西真的很奇怪，語言這東西真教人難受。

像這樣親手寫下妳說過的話，便很清楚明白其含義。光聽沒能聽懂的事，像這樣試著寫下後，就再清楚不過了。

那個男人打了怎樣的電話給妳，妳又是以怎樣的心情接他電話，那個男人是在怎樣的心情下打這通電話，妳又是以怎樣的心情去見他。

奈奈，妳去見他了對吧？

因為那個男人暌違許久，再次和妳聯絡，所以妳原本應該是和我一起去看柏太陽王的球賽，最後卻改為和他見面。妳去見他了對吧？

妳去見他了。

與他四目交接對吧。

那個男人車子開走了，只有妳留在原地。

當妳看到我站在那邊時，妳臉上流露的表情，不知為何，我怎麼也想不起來。

為什麼感覺像在笑。明明就不可能笑得出來啊。

我走過馬路，正準備朝妳走去時，妳很小聲地說道：「別過來。」

明明應該聽不到，但我卻清楚地聽到了。

好痛。臉好痛。我挨揍的臉部真的好痛。

已過了三天。

感覺像過了一個月。但其實只過了三天。

不過，這三天我的心情有了很大的轉變。對於妳和那個男人見面的事，我已不再感到焦躁。妳為了和他見面而違背和我的約定，原本很不甘心，但現在也慢慢淡了。

那麼，還留有什麼呢？我今天一直在思考這個問題。滿腦子想的都是這個問題。

細想之後，腦中浮現的全是妳。妳的容顏不斷浮現我腦海。哭泣的臉、歡笑的臉、生氣的臉、閉上眼睛的臉。

我臉上的紅腫已經消退，完全變成瘀青。

今天我忍不住告訴了阿司先生。當然了，我沒說妳是我的國中老師。不過，我告訴他，妳那天沒來看柏太陽王比賽的原因。

「你得在背後支持她才行啊。」

阿司先生這樣對我說。

一聽他這麼說，我恍然大悟，這就是我一直在想的事。焦躁、不甘心、羞愧，這些情緒全都消失無蹤，唯一遺留下來的，就只有這個想法，我自己心知肚明。

阿司先生說那個男人「不是個好東西」，我也這麼認為，但世上就是有這種男人。

只因為自己方便或是一時興起，就打電話找女人出來，這種男人是渣男。妳當然也明白這點，不過，人們的心思並非自己所能掌控。

明知就算見了面，也只會惹得自己滿身傷，但還是忍不住和對方見面。明知就算見了面，也只是徒增悲傷，但是聽對方說想見自己一面，還是滿心歡喜。

阿司先生告訴我，只要照我心裡想的去做就行了。

與阿司先生道別後，我一直在想。

想了許久後，我這才發現。

現在感到最痛苦、寂寞的人，其實是奈奈妳。

我好脆弱，真的太脆弱了。

在這麼重要的日記上寫下這樣的內容，讓我明白自己真的是個又脆弱、又狡詐的人。

看過你在前一頁所寫的內容之後，我真的對自己的為人感到無地自容。

今天你到我的住處找我時，坦白說，我覺得自己沒臉見你，萬萬沒想到還能再見到你，所以我真的很驚訝，一直不敢開門。但我聽到你在門外對我說：「妳難過時，我會陪伴妳。」我才發現自己有多麼任性，將你傷得有多重，這麼理所當然的事竟然一直都沒察覺。

我知道自己非得忘了他不可。我以為已經忘了他。

但是，當他說想和我見面時，我心想，要是錯過這次的機會，我們兩人的關係恐怕就真的結束了。其實我們的關係明明早就已經結束了。

今天，你對我說「我會等妳」，還說「在妳忘了那個人之前，我會一直等妳」，坦白說，我不知該怎麼回你才好。

不過，我認為自己不該再繼續利用你的溫柔。

我很高興你有這份心，也許往後的人生中，再也遇不到像你這麼呵護我的人。可是，若是再繼續利用你的溫柔，這對你太過分了。

我不想再繼續汙染你。

不想汙染你純潔的心。

雖然現在才說這種話，已於事無補，現在才說這種話，實在很卑鄙，但我們實在不應該相愛。

因為這不被世人所允許。並不是因為我們原本是老師與學生的關係，也不是因為你還未成年。

只因為你是如此純潔無瑕。而我卻滿是汙垢。

妳太看得起我了。

我其實汙穢不堪，因為我一直希望妳最大的心願不要實現。

⬅

橫越民宿前的馬路，跨過被太陽照得發燙的護欄，眼前就是大海。大海真的藍得不像話。我想用正經一點的詞彙來形容，但除了「不像話」之外，想不出更適合的詞彙了。

因為是珊瑚礁海，所以白色沙灘無限綿延。踩在沙地上又熱又燙，腳下穿著涼鞋，腳趾燙得發疼。我將民宿借來的沙灘椅擺在椰子樹下，就此奔向大海。

四周空無一人。

如此遼闊的大海，只有我一人。

我跳進波浪中，發燙的肩膀、耳朵、胸膛突然為之冷卻，說不出的舒暢，水花、天空、山林，一切都是如此閃亮，我讓身體浮出水面後，溼淋淋的腹部馬上被太陽照熱，太陽同樣也光耀刺眼。

昨天晚上我說：「原來我之前一直都在那麼狹小的地方生活。」妳聽了之後笑了。

「潤也，今後你會在更多不同的地方見識不同的景色哦。」因為妳這麼說，所以我回了一句：「那我們全部一起看吧。」結果妳露出奇怪的表情。

那是怎樣的表情呢？看起來既像高興，又像在說「才沒那麼多錢呢」，不過看起來並不全然是討厭的神情，所以我就不追究了。

我覺得，在沙灘上擺張沙灘椅，一直坐著看海，或許是最幸福的事了。妳在後面的民宿裡，偶爾會替我送西瓜來。

以前總覺得什麼事都不做，是在浪費時間。

只要太陽升起，就跟著起床，想盡可能嘗試做各種事，這是我原本的想法。但來到島上後，我的想法有了些改變。

不發一語地望著大海，卻一點都不無聊，不會悶得發慌，有種獨占大海的感覺。民宿大叔種植的甘蔗田發出的沙沙聲，也是我一個人獨享，這種感覺真棒。

昨天晚上妳來到沖繩後，不是對我說「還好我來了」嗎？我聽了真的很高興，所以又想寫日記了。雖然上面寫了日後回頭看會感到難過的內容，但我們兩人一起共度的時光就在這裡，所以我想好好繼續寫下去。

我一點都不後悔。不後悔和妳來到這座島上。不後悔和妳相遇。不後悔愛上妳。

我一直都覺得是我不好，事後冷靜想想，當時我就算說謊，應該也沒關係才對。就算對校方和警察說謊，但只要能坦然面對奈奈妳，那就沒關係。我現在好後悔。

只因為我太激動，像個不成熟的小鬼，才會惹出這樣的大禍，真的很抱歉。

當班導到我家來時，我就猜到了，因為過去班導從沒來過我家。

聽說警方向學校詢問過。他們接獲通報，說學校裡的學生和一名國中老師出入市內一家賓館。

聽完班導的話，我媽整個人都慌了，她大概是以為我對那位老師做了什麼壞事。但是聽班導說明後，才發現事情非她所想，我不是加害者，而是被害者，她腦中就此一片混亂，大為驚慌。

不過，當時我應該冷靜才對。要讓我媽冷靜下來，對她說，根本沒這回事，我才沒跟任何人上賓館呢。當時我要是這麼說就沒事了。

但我一時血氣上衝，怒火上湧。

我對他們說：「我和奈奈小姐的感情是認真的，我不希望局外人對我們說三道四。」

真的是我沒處理好。

我只顧自己耍帥，完全沒想到這麼做會對妳造成什麼影響。

真的很抱歉。

真快，來到這座島上已經第三天了。

不過，感覺時間過得好快，而且好像我們兩人都在這裡待了很長一段時日似的，真不可思議。

此刻你露出肚子，正睡得香甜。我拿出這本日記，在民宿的休息室寫日記。

話說回來，你的曬傷可真嚴重，紅通通一片。民宿主人笑著說，你泡澡時還發出哀號呢。

我真的也很喜歡這座島。真的。明明有個這麼棒的地方，為什麼以前都沒想過要去找尋呢。

今天你去海裡游泳時，我不是說要搭老闆娘的車，去海港的合資商店一趟嗎？那裡賣加了豬肉的油味噌，因為之前你直誇好吃，所以我去買了回來，打算拿它充當明天飯糰的餡料。

明天我也想搭老闆的船，和你一起出海。水肺潛水就不用說了，就連戴呼吸管，我也是生平第一次體驗，其實以前我有點怕海，但說來也真奇怪，沖繩的海我一點都不覺得可怕。

剛才我們一直在打桌球，希望明天早上別肌肉痠痛才好。

今天打桌球時，你不是說你硬把我帶到這座島上來嗎？還說如果不是你開口邀約的話，應該就不會變成這樣了。

不過，我覺得不是這樣。我是順從自己的想法，來到沖繩，來到這座島上。

你高中的老師到你家拜訪後，警方也到學校向我問話。我答應隔天早上到警局報到。

學校方面當然是雞飛狗跳，校長他們問了我許多問題，但不知為何，我什麼也沒說。我一直在腦中想，不是在這裡說，得到警局再說。但我發現，我第一個該好好說清楚的對象不是警察，而是潤也你，眼下重要的，就是得先和你面對面說清楚。

我從學校早退，回到住處後，發現你在那兒。

「我們逃吧，老師。」

你這樣說道，一臉開朗的神情。

我想和你一起去天涯海角。看在別人眼裡，我們這樣就像是在逃亡，但那也無所謂。相較之下，好好和你面對面，這件事更重要。

身為一位教育者，身為一個成年人，身為一名年長者，我做了一件很不應該的事。

我如此輕率的行為，日後一定會傷害到你，但我還是選擇來到這座島。

我覺得自己現在才真正是以一個普通人的身分站在你面前，以一位沒有任何頭銜的女性與你面對面。

之前我一直提醒自己不要傷害年輕的你，但現在不同了。即使會傷害年輕的你，我也想面對自己真正的心情。

我到現在還很興奮，光想就忍不住全身顫抖。

沒想到會看到那麼大隻的鬼蝠魟。體型比我還大的鬼蝠魟就在我底下悠游，因為是蔚藍清澈的大海，所以看起來無比貼近。

後來雄介先生邀我潛深一點。因為只配戴了呼吸管和蛙鞋，無法潛太深，但我們一進入海中，鬼蝠魟就游了回來。

牠很巨大，氣勢十足。

牠不知道是不是在跟我們玩。悠哉地游在我和雄介先生頭上，感覺就像在說「跟我來」。

來到鬼蝠魟底下，牠的巨大更為明顯，海裡瞬間變成一片漆黑。抬頭一看，發現鬼蝠魟的肚子是白色的。

聽雄介先生說，遇上鬼蝠魟的機會很少。他常帶民宿的客人潛水，但二十次裡面只遇得上一次。

妳光是看雄介先生拍的照片就嚇得直發抖了，但實際現場看的時候，一點都不可怕，反而是牠對我們感興趣，一直盯著我們瞧，儘管牠游往遠方，卻還是一再回到我們身邊。

等學校畢業後，我想取得潛水執照。我跟雄介先生商量後，他說他隨時都能照應我。

對了，雄介先生以前是水底攝影師呢。

現在因為民宿工作繁忙，好像純粹拍照當興趣，但他說總有一天要遊遍世界各地的大海，拍回許多照片。

真羨慕。我請他收我當徒弟，他說，如果是我，他可以考慮。我也來認真考慮看看好了。

即使是淺灘，也有各種魚類悠游其中。你和雄介先生搭小艇出海後，我和來自名古屋的一花以及她母親三人，騎單車到露營場地，就算只是水深及腰的地方，也有各種魚悠游其中。

有許多《海底總動員》主角原型的橘色魚在水裡，我和一花的母親覺得害怕，但只有一花一點都不怕，還一把抓住一隻像小蝦的生物。

今天下午，我送她們兩人去海港，一花的母親說，等回到名古屋後，得開始找工作了。

詳情我沒問，不過一花念幼稚園時，她母親與先生離婚。平時到這種度假村，只有她們母女倆，感覺很不自在，但這次有你陪一花玩，一花開心極了。

一花的母親說，等她到名古屋後，想寫封道謝信，所以我告訴她你的地址。

我們兩人明明住同一個房間，但對方不在時，就會在房裡寫這本日記，而另一個人又會在另一個時間看這本日記，感覺還真是不可思議。不過，這樣留在島上的時光彷彿增加了一倍的歡樂，我很喜歡。

啊，我也這麼認為。感覺現實中的奈奈，和日記中的奈奈，是不同的兩個人，我就像同時和這兩個人一起共度，感覺真奢華啊。

好了，我要去泡澡了。

我發現，待在島上，許多事真的都變單純了。

這裡有大海，有藍天，還有浮雲朵朵。

就只有這樣。

有潤也，有我，就只有這樣。

明明就這麼單純。

我吃太多了。連吃了五碗，真的不太妙。不過，白天時一直在游泳，吃再多都不夠。

雄介先生說：「你不光是曬黑，根本就是曬成了木炭。」我望向自己鏡中的臉，簡直就像是個陌生人。

奈奈，等妳洗好澡，到外面來一下吧。

我有話要跟妳說。

是正經的話題。

我在馬路對面的涼亭等妳。我現在望向窗外，天上掛著一輪明月（就像黑蝠魟一樣），所以不會太暗。

我一直在想，什麼時候跟妳說比較恰當，但最後還是選擇今晚。一直在這座島上和妳共度，我重新體認到自己內心的想法。

我會帶冰涼的香片茶過去。

那就待會兒見了。

➡

以上是千葉縣警方在沖繩縣島尻郡伊平屋村的民宿逮捕嫌犯西田時，所扣押的證物（甲2）全文。

千葉縣柏市一所國中的女教師，對之前任教時教導過的男學生（今年高二，十七歲）做出不當行為，遭到逮捕。千葉地檢署針對這起事件，

於二十四日，依違反縣內青少年健全培育條例（深夜同行）等罪行，向松戶簡易庭起訴柏市立今泉國中教師西田奈奈（三十五歲）。

該簡易庭於當天提出十萬日圓罰金的簡易判決命令，嫌犯西田當天繳納後即獲釋放。

起訴書內容提到，嫌犯西田從七月七日起，接連六天，於深夜時分在沖繩縣島尻郡伊平屋村的民宿與學生同住，此外，從去年起，便多次帶學生一同前往柏市內的賓館。

對於該條例禁止之不當性行為，要構成最高法院判例（一九八五年）的成立要件〈1〉，嫌犯須利用青少年之身心不夠成熟，採取不當手段〈2〉，將對方當作滿足自己性欲的對象——經研判，沒有符合此要件的證據，故保留處分。

嫌犯西田已深切反省，而男學生也不希望對嫌犯西田施予嚴懲。

逃吧，大小姐

晴空萬里的日子，駕車行駛在國道十八號線上，格外暢快。一邊是遼闊的佐久盆地，就像鋪了綠色地毯般，背後聳立的淺間連峰，映照在藍天與白雲上。可能是因為它現在仍是很活躍的活火山，那姿態充滿生命力，從國道十八號線的地下深處，噗通噗通地傳來強而有力的山脈心跳。

如果繼續前進，往輕井澤接近，在旺季即將到來的此刻，十八號線會深受慢性塞車所苦，但還不至於連這一帶也跟著壅塞。在夏季的藍天下，在一邊是單線道的單調道路上行駛的，是同樣單調的當地車輛或農務作業車，偶爾會有掛著東京車牌的進口車，像在敲打這些當地車輛的側面車身般，以飛快的速度超車。

此刻，宮藤康太的廂型車剛被一輛掛著品川車牌的Jaguar超越，他悠哉地打出方向燈，往右轉進孤零零地開設在國道沿線上的停車場餐廳「COSMOS」。

雖是中午時分，但顧客停的車輛很少，康太把車停在入口前，就此走下車伸了個懶腰。可能是因為雄偉的淺間山聳立眼前的緣故，腳底再次感覺到像是山脈心跳的東西，從鋪有碎石子的地底下噗通噗通地傳來。

打開老舊的大門，走進店內，坐向平時常坐的吧台座位後，五年前喪夫，現在獨自掌理這家店的老闆娘朝他喚道：「外帶嗎？」

「味噌拉麵B套餐。」

他朝老闆娘的詢問點了點頭，同時點了餐點。

在可以飽覽佐久盆地的和室包廂座位裡，一群像是當地土木工人的男子已用完餐，正喝著自助式的淡咖啡。店內沒其他客人。

「今年夏天同樣預約排滿了對吧？」

在廚房煮麵的老闆娘如此問道，康太回答道「只有週末」，他心想，這位老闆娘主動詢問旅館的事，還真是罕見。

「啊，對了，老闆娘，這個。」

康太想起重要的事，從錢包裡取出千圓鈔。

「這什麼？」

「上禮拜我們家裡打工的人員來妳店裡用餐，不是忘了帶錢包，跟妳賒帳嗎？」

「哦，那孩子的餐費啊，待會兒再一起結吧。」

「抱歉，那就待會兒一起算。」

康太重新坐向椅子，將杯裡的涼水一飲而盡。

康太從父母手中接下的溫泉旅館，離這裡約二十公里遠，位於前往嬬戀高原的山間，原本是供登山客住宿用的山莊，後來改名為「油燈旅館·大空高原」，也不知是名字改得好，還是帶有濃濃硫磺的水質深受都會人喜愛，或者是因為他們自己親手打造出能俯瞰淺間連峰溪谷的小露天浴池，成了人們口中的IG美照熱點，所以現在週末幾乎早在一年前就已訂滿，是炙手可熱的溫泉旅館。

話雖如此，只有十二間客房，稱不上是什麼大旅店，冬天時前往滑雪場的公路，前方因大雪而無法通行，客人的接送都得靠壓雪車來進行，所以也稱不上什麼多賺錢的生意，但是看每天來訪的不同客人們，因泡溫泉和晚餐的小酒而兩頰紅通通，望著那彷彿伸手可及的星空而歡呼的模樣，康太便真心認為平日的辛勞有所回報。

老闆娘端來味噌拉麵和半碗炒飯，同樣很罕見地坐向吧台的座位，拿起遙控器打開電視。平常她休息時，往往也都是坐向擺在廚房的鐵管椅上。此刻坐在一旁，才發現她竟是如此嬌小，康太對此大為驚訝。

康太吃著味噌拉麵。這算不上有多美味可口，但平時在深山的溫泉旅館廚房所做的員工伙食，淨是一些靠化學調味料煮成的拉麵，所以偶爾像這樣下山嚐到重口味的中華料理，感覺宛如沁入脾胃。

老闆娘打開電視後，開始播放料理節目。為了保有「油燈旅館」的氣氛，客房和餐廳當然沒擺電視，就連康太和員工們起居的房間也沒有，所以這十年來，就只有下山時才看得到電視。當然了，為了因應天災等狀況，旅館裡備有一台老舊電視，但也就只是插在電源插座上，是否播得出畫面還是個問題。

話雖如此，現在網路訂房興盛，為了顧客以及年輕的打工人員的手機需求，特別備有完善的Wi-Fi環境，但個性傳統守舊的康太，這方面的事幾乎都交給員工去處理，他自己也幾乎都不會打開旅館的電腦，確認網路訂房狀況。附帶一提，他現在使用的手機，仍是只有通話功能的折疊式手機，員工們看了都很傻眼，直呼「果然不愧是山男」。

事實上，要是有時間玩手機，還不如修繕野鳥用的小屋，或是趁冬天去滑雪。

就在老闆娘以遙控器打開電視沒多久，電視畫面便開始播放緊急快報。乒乒乓乓的急促聲，令康太急忙轉頭。也許是又有哪裡發生地震了，他暗自作好心理準備，但畫面中播放的新聞卻是昔日的人氣偶像，現在改以電視藝人的身分表現活躍的鮎川舞子，目前下落不明，她身邊的人士報案失蹤。

「咦？」

康太忍不住叫出聲來。

聽他這聲大叫，嚇了一跳的老闆娘，差點跌落椅子，向他問道：

「怎麼了？」

「啊，抱歉。」

「嚇死我了。」

康太抓住老闆娘的手肘，扶她重新坐好，再度抬頭望向電視。料理節目切換成醬油廣告，當然了，新聞快報已經消失。

「真的假的……鮎川舞子沒事吧。」

「昨天晚上，她丈夫不是以攜帶大麻的現行犯身分遭逮捕嗎？」

和室包廂裡的男子們似乎也正在看電視。

「她丈夫是演員嗎？」

「拜託，他老早就退出演藝圈了。好像是著手經營餐廳或飲食相關的工作，但幾年前不是因為詐欺之類的事，而上了電視新聞嗎？」

「哦，確實有這麼回事。好像是比特幣之類的詐欺吧？這次換大麻嗎？」

「這麼一來，民眾對鮎川舞子的好感將會嚴重下滑吧。雖然她丈夫發生那起詐欺事件時，她獨自一人站在麥克風前說『會讓丈夫好好贖罪』，大家都說她『很堅強』、『是為人妻的典範』。」

「就是那樣，反而人氣不減反增。現在也還是常在電視上出現。她常擔任的歌唱節目主持工作也是，事件發生後，雖然變得比較低調，但也還是繼續同樣的工作崗位。不過，她先生這次因大麻被當作現行犯逮捕，她肯定是出局了。」

「鮎川舞子該不會是自殺了吧？」

「咦？」

「因為她下落不明……」

「啊……有這個可能。因為是她丈夫吸毒，這就麻煩了。哦～原來如此，也許就是因為這樣，她身邊的人才會報警尋人。」

男子們邊談論這件事，邊走下和室包廂，開始依序在收銀台前結帳。

「請問一下。」

康太幾乎是在無意識下向男子們背後喚道。

他向轉過頭來的男子們詢問：「鮎川舞子的丈夫被逮捕了是

嗎？」當中最年輕的男子告訴他：「你不知道嗎？昨天晚上電視上一再播放呢。」

「那份體育報上也有刊登。」

忙著結帳的老闆娘也這樣對他說，康太伸手拿起擺在吧台上的體育報。

康太一面翻閱，一面心想，雖然我是這家店的常客，但自從老闆過世後，應該就已經停止訂購體育報了，這時，他發現社會版上以斗大的標題寫說，鮎川舞子的丈夫昨晚因持有大麻，而在澀谷街上以現行犯的身分遭逮捕。

他在看那篇報導時，那群男客已走出店外。廂型車和小卡車從停車場駛向十八號線。

距今二十年前，當時康太還是個在長野市內租屋的大學生。小學、國中、高中，都是父親開車，或是搭公車從山莊下山上學，所以那是他人生中真正體驗市街生活的寶貴四年。大學時參加登山社，結識許多朋友，至今仍持續往來。

康太是在高中時代知道鮎川舞子。當時班上男生傳閱的漫畫雜誌，在裡頭的彩頁展露健康泳裝照的，就是鮎川舞子，康太一眼就迷上了她。他跟那個年紀的少年們一樣，保留那張彩頁珍藏，晚上當山莊的客人和父母就寢後，就偷偷點亮油燈，攤出那些彩頁，一張一張拿在手上，改變角度欣賞，或是放在自己枕頭底下。

雖然平時沒多少零花，但只要鮎川舞子出寫真集，他就會懷著像買新車般的心情和激情，前往街上的書店購買，等上一天才從書店的紙袋裡取出，再等上一天才解開書本的膠膜，可見有多珍藏。

當時山莊沒有電視，每週一次固定在星期六下午播放的廣播節目「舞子My Love」，是他最期待的節目。他在自己房間裡的牆上貼滿彩頁和海報，在她的環繞下聽她說自己的近況。當那三十分鐘的節目結束時，他感覺就像結束了一場全世界最快樂的約會，就此走出房外，幫忙山莊裡的工作。

大學時代結識一位很喜歡偶像的宅男，他說鮎川舞子出道時遇上最沒發展的年代。他分析道，如果鮎川舞子能早一個世代，或是早兩個世代出道的話，憑她的長相、外形、歌唱實力、個人魅力，肯定比誰都有可能繼山口百惠或松田聖子之後，成為那個時代的偶像代表，但那個時代的趨勢起了很大的轉變，從單一偶像轉為偶像團體，而身為單一偶像的鮎川舞子，沒能一路成長到最後，在她偶像全盛期的十幾歲年紀便結束了偶像生涯。

附帶一提，她的歌曲當中唯一打入Oricon排行榜前十名的〈逃吧，大小姐〉，是七〇年代的人氣偶像粉紅淑女唱過的單曲專輯B面曲，由她重新翻唱。

如果換個世代，她也許就能成為代表那個時代的偶像，可見她確實也有不凡的資質，如果世上有所謂一流的笑容，那肯定就是她在電視和雜誌上展現的笑容了，儘管唱的不是人人琅琅上口的暢銷曲，演出的不是全國無人不曉的當紅日劇或電影，但是她「舞舞」的綽號，全國幾乎無人不知，而且當時她確實是頂尖偶像。

康太就只有一次目睹過鮎川舞子本人。因為當時她曾參加過康太就讀的那所大學的校慶。

在學生大廳舉辦的那場小型音樂會，從舉辦的數天前起，康太便一直靜不下心來。其實也只是舉辦音樂會的社團裡，有位他認識的學生而已，但康太卻像得由他來接待鮎川舞子似的，緊張不已。聽那位學生說，鮎川舞子似乎是以五十一號房當休息室，康太還曾偷偷跑到當時都還沒開始準備的五十一號房察看。

來到音樂會當天，康太提早在表演前五個小時到場，搶到除了相關人員專屬座位外，最前排的位子。

這天，鮎川舞子包含新曲在內，一共唱了五首曲子。當然了，康太每一首都能完整唱出，但他無法和其他觀眾一樣打拍子，或是一起唱。因為光是茫然地望著站在前方十公尺遠的舞台上表演的她，康太便已竭盡所能。事後回想，那就像是一尊佛像突然動了起來、當時山莊養的聖伯納犬露露突然開口講人話一般，是見證了這種超自然現象的一刻。

自長野市內的大學畢業後，康太為了幫忙老家山莊的工作而回到山中。

罹患腎臟病的母親兩年後辭世，他與父親兩人合力經營山莊，慢慢整頓成溫泉旅館，不再只是登山客專用的旅館。

他們向當地的信用金庫貸款，與旅行社的負責人接洽，想出涇地健行和天體觀測的旅遊行程。自從他和父親兩人合力打造的檜木露天浴池以「天空的露天浴池」之名貼在某旅行雜誌的封面後，資金就勉強得以周轉。不過，就在他好不容易鬆了口氣時，這次換父親心肌梗塞猝逝。父親從以前就愛喝烈酒，某天早上，見父親遲遲沒起床，康太覺得奇怪，前往房間叫他時，發現他絲毫沒有痛苦掙扎的痕跡，像沉睡般安詳地躺在床上離世。

鮎川舞子暌違數年，重新擁有自己的常態性節目，正好也是在那時候。康太平時不聽廣播，但偶爾外出採買時，車上的廣播正好播放她的節目。

從鮎川舞子出道時便是她的歌迷、在校慶看過她的小型音樂會、現在因為山莊的工作繁忙，而退出歌迷俱樂部，再加上最近父親過世，因為經歷了這些事，猛然回神，發現自己已朝廣播節目寄出了明信片。

鮎川舞子一週恐怕會收到數十到數百封的明信片，康太從沒假想過鮎川舞子會選中他的明信片，念出他所寫的內容，但接下來的一週、兩週，他都還是在工作時刻意停下手中的動作，仔細聽廣播。

當她念出康太的化名「天空的露天浴池」時，康太一時太過吃驚，忍不住大叫一聲「啊！」，和他一起劈柴的員工沒當他在開玩笑，似乎真以為是他看到了熊。

鮎川舞子很仔細地朗讀康太寫的明信片後，先是對他長期都是自己的死忠歌迷表達感謝，並談到她最敬愛的父親也在今年年初離開人世。雖然父親原本一直都反對她當偶像，但自從知道她都在當志工，造訪各個兒童養護機構後，父親也在退休後，全力協助她從事志工的工作。

吃完味噌拉麵搭半碗炒飯的B套餐後，康太走出店外。可能是因為邊吃拉麵邊回想往事的緣故，聳立眼前的淺間山看起來略顯感傷。

「好了。」

康太伸了個懶腰，想改變心情，就此坐進車內。今晚旅館的房間也同樣訂滿了。回去後，得馬上幫忙準備張羅晚餐。

從十八號線駛進珍珠公路後，突然轉為山林的空氣。

如果說十八號線沿途和街道的空氣，是屬於人類，那麼，山林裡的空氣則是屬於樹林和鳥類。繞過好幾個彎彎曲曲的彎道，一路往前行駛，標高也跟著一路攀升，吹來的風也轉為沁涼。這條珍珠公路的半途，約莫從十年前起，開始形成一處別墅區。雖然交通極為不便，但前來尋求高原寂靜的，大多不是新興的別墅愛好者，而是從喧囂的輕井澤逃來這裡避難的人們，聽說這分成約莫五十個區塊的別墅區裡，也住著知名的政治人物和藝人。

從山麓開始，前後都看不到行駛中的車輛，不過來到這裡後，終於追上一輛跑在前頭的紅車。

這輛車速度頗慢，仔細一看，它右後輪已洩氣，正冒著白煙。

紅車從主線道駛入通往別墅區的輔助道路。可能是駕駛沒注意到輪胎洩氣，或者是一位沒開車經驗的駕駛，以為洩氣的輪胎一樣能跑。

康太提高車速，追向那輛駛進輔助道路的車輛。

他在別墅區內第一個彎道追上那輛車，以短距離直接超車後，就此停下車。那輛車按響喇叭，想超越康太的車。

康太走下車，張開雙臂。

輪胎洩氣的紅車就此停在馬路中央。現在離旺季還早，別墅區內只有從高原吹來的風聲。

「你輪胎洩氣了。」

康太跑向對方的駕駛座，敲打著車窗。

擋風玻璃和車窗映出蒼翠的樹影，看不見車內。隔了一會兒，車窗開啟。手握方向盤的，是一位戴著墨鏡的女性，一陣香味撲鼻而來。

「妳後方的輪胎洩氣了。」康太又重新告知一遍。
「咦？」
女子似乎真的沒發現，她很驚訝地從車窗探出身子。當她看到輪胎冒出的白煙，旋即發出悲鳴道：「哎呀，這該怎麼辦才好？」
「妳最好聯絡車子的經銷商或ＪＡＦ[4]……」
康太在告訴對方的同時，總覺得有哪裡不對。對方雖然戴著墨鏡，但他肯定見過對方。
「這是我跟朋友借來的車，不知道怎麼跟經銷商聯絡呢……ＪＡＦ？這是什麼啊？」
女子幾乎已方寸大亂。
「車上有備胎嗎？」康太問。
他一面詢問，一面偏著頭想，這個人到底是誰？緊接著下個瞬間，他發出「啊」的一聲驚呼，雙膝發軟。他不由自主地抓住車子的窗框，對她說：「啊，抱歉。」

「一般車上都會有備胎嗎？」

在女子的詢問下，康太以很快的說話速度回答道：「啊，對。一般……一般都是放在後車廂下方。」但他的聲音微帶顫抖。

女子走下車，繞到背後，打開後車廂。這時她摘下墨鏡。

「咦！」

他再也按捺不住。面對康太在森林中響起的聲音，女子大可露出驚訝的表情，但她可能是早已司空見慣，幾乎沒任何反應。

「呃、呃，不好意思……您是那個……對吧？」

面對興奮地如此詢問的康太，女子雖然面露困擾之色，但還是點了點頭。

不不不，這不可能。不可能有這種事。因為……不，不可能。鮎川舞子？不、不，不可能。

4. Japan Automobile Federation，日本汽車聯盟。由車主加盟的全國性組織團體，接受交通事故的諮詢。

康太極力掩飾自己慌亂的內心。緊接著下個瞬間，之前停車場餐廳裡那群男子的對話在他耳畔響起。他們說，鮎川舞子在丈夫被逮捕後便失去下落，有可能是自殺。

一想到這件事，康太頓時感到背脊發涼，接著他心想「不過還好，她目前一切安好」，鬆了口氣。

「不好意思，好像沒有你說的備胎呢。」

突然傳來她求救的聲音。

「啊，備胎是嗎？一般是在墊子底下。」康太急忙走近，捲起後車廂裡鋪的墊子。幸好裡頭有備胎。

「打電話給經銷商，請他們幫我換輪胎就行了對吧？可以請他們馬上過來處理嗎？」

從站在他身旁的鮎川舞子身上，傳來幾欲令人昏迷的芳香。

「要是業者在附近就好了，不過，因為位在這樣的深山中，業者也是從輕井澤或佐久那邊趕過來……」

康太如此回答，差點又忍不住叫出聲來，急忙摀住嘴巴。因為他再次想到有人報警說鮎川舞子失蹤的事。

「我不想將事情鬧大……」

一聽她這麼說，康太忍不住點頭應道：「啊，是，我明白。」

「……那就我來幫您更換輪胎吧，車上好像備有專用的千斤頂。」

這是康太很自然地脫口說出的提議，但她就此臉上恢復血色，反而這才明白她之前一直都嚇得臉色發白。

「真的嗎？如果是這樣的話，那可就幫了我一個大忙。謝謝您。」

聽她這樣道謝後，康太稍微冷靜下來。不過，冷靜下來後，他也發現，不可能會發生這種偶然。

話說回來，鮎川舞子不該出現在這種地方。不，就算她有熟人的別墅位在這一帶，但剛剛康太才從停車場餐廳裡的電視上看到與她有關的新聞快報。

想到這點，康太差點又忍不住叫出聲來，他硬是吞回肚裡。

整人節目？

突然浮現腦中的這個名詞，神奇地讓之前發生的種種事情像拼圖一樣拼湊起來。平時就算休息時間也不會走出廚房的那位停車場餐廳的老闆娘，今天竟然坐向吧台座位，打開電視。

而打開的電視就像早看準時間似的，播放和她有關的新聞快報，現在回想，那幾名看起來像作業員的男子，行動也有點可疑。像在解說似的，說出事件的梗概，更可疑的是，工作做到一半的作業員，如果有桌椅可供選擇，他們絕不會大費周章地脫鞋，坐在和室包廂裡用餐。如果是能看到絕美景致那就另當別論，不過窗外這片遼闊的景致，就只是平時看慣的佐久盆地。

事後細想，就連那份體育報也很可疑。老闆娘的丈夫過世後，她確實說過要停止訂報，而事實上，最近確實也都沒擺出。但今天卻出現這份報紙，報導鮎川舞子的丈夫昨晚因持有大麻而以現行犯的身分遭逮捕。

難道是以藝人參與演出，惡整一般民眾的整人節目？

康太當然以前也曾在電視上看過這類的節目。因為是電視節目，所以既然要做，應該就會大費周章地安排設局。若是這樣，那電視上的新聞快報想必也是特別製作，只在那家停車場餐廳播出吧，至於體育報，印刷根本不是什麼難事。照這樣看來，店裡的老闆娘和那些作業員打扮的男子，也全都是節目裡的演員。

想到這裡，腦中又浮現另一個疑問——「可是，為什麼他們知道我今天要去那家店？」

不過，這個謎也很快就解開了。今天早上出門時，旅館裡的打工人員國枝問他：「今天午餐，您要去哪兒吃？」康太回答：「還沒決定。」接著國枝便向他拜託道：「既然這樣，請去『COSMOS』光顧吧。上個禮拜我忘記帶錢包，向老闆賒了一頓定食。」這麼一來，康太就非去那家店不可。

康太想著這些事，手無意識地動了起來，從後車廂裡取出備胎和專用的千斤頂。

不經意地望向鮎川舞子，發現她已繞回駕駛座，似乎正準備打電話給某人，但遲遲撥不通。

康太將千斤頂放進車身下，若無其事地環視四周。在樹叢中，或是別墅的窗邊，一定架設著攝影機，但要是一直張望，他發現這是整人節目的事就會穿幫。

話說回來，為什麼這個企劃會選中像他這樣的普通人，康太隱約猜得出原因。約莫兩個星期前，員工們對他說：「今年康太先生的生日，我們會給你個超大驚喜，敬請期待。」而就在一個月前左右，還突然聊到鮎川舞子的話題。

那是某天下午的休息時間，大家圍在一起吃旅館常客送的瑞士捲。

他們聊到一位昔日的當紅偶像，最近當起了YouTuber，對和她一樣的另一名昔日當紅偶像製作了整人節目，引發不小的話題，接著對康太調侃道：「康太先生，你應該不知道什麼是YouTube吧？」然後不知為何談到了以前喜歡的偶像，突然問了他一句：「康太先生，你以前是鮎川舞子的歌迷對吧？」令康太覺得很不可思議，不過現在回想，他們沒料到康太是個直覺如此敏銳的人，算是他們一大失策。

順帶一提，康太以前曾兩度去過電視台，已不算陌生。兩次都是參加地方電視台的情報綜藝節目，節目在介紹「天空的露天浴池」時，他以旅館老闆的身分接受採訪。因而從中得知，電視台在拍攝時，其實工作人員少得令人吃驚，也明白怎樣的說法他們會喜歡。附帶一提，明明是電視節目，但每個節目最喜歡的，卻是「我的旅館沒有電視」這樣的說法。

總之，如果這是整人節目，就得假裝自己還沒發現才行。如果這個整人企劃做得有趣，這對最近進軍綜藝節目的鮎川舞子來說，一定會大大加分。

如果是這一類的企劃，現在他幫鮎川舞子換好輪胎後，她一定會說她想逃往某處，請他幫忙。

為了以前自己崇拜的偶像，這位多年的死忠歌迷會幫到什麼程度呢？越是竭盡所能地幫她，節目就越有趣。

康太以千斤頂撐起車身後，取下洩氣的輪胎。這時，背後的草叢傳出聲音。也許是電視台的工作人員踩到地面上的枯枝。

康太裝沒發現，一把抱起備胎。

背後的草叢發出聲響，鮎川舞子為之一驚，縮起脖子。她惴惴不安地轉頭看，但沒什麼異狀，仔細一看，這名好心地替她更換輪胎的男子也沒理會那個聲響，仍繼續手中的工作。

舞子一度掛斷電話，重新撥打同一個電話。來電答鈴聲響了很長一段時間後，本以為又要切換成語音信箱時，沒想到小百合接起了電話。

「喂，抱歉，一直打電話吵妳。我現在來到別墅區了，但我車子輪胎洩氣，請當地一位好心人幫我換輪胎。」

舞子很快地說明道，但小百合卻只是「嗯、嗯」地回答，聲音都快聽不見了。

「……從妳傳給我的地圖，我知道別墅的位置在哪兒，但只要去別墅的管理室就能拿到鑰匙嗎？」

這時，舞子朝那名替她換輪胎的男子瞄了一眼。他一直默默作業，看起來不像在偷聽她講話。

「不好意思啦。」舞子小小聲地道歉。

她從車子旁走開，走進別墅區的指引標示牌後方。

「……小百合，我現在真的只能仰賴妳了。」

「舞子，妳自己一個人真的沒問題嗎？」

「嗯，沒問題。只要待個兩三天，我的心情就能平靜下來，到時候我會正式召開記者會，關於真咲（真咲勉，舞子的丈夫）的事，我也會好好道歉。」

「嗯……舞子，我相信妳。所以那棟別墅妳可以盡情使用。不過，我先生說：『妳幫她真的沒問題嗎？』有點擔心。因為現在網路上……」

小百合話只說到一半，舞子也明白她想說些什麼。

一開始都報導說舞子是因為丈夫被逮捕，大受打擊，一時方寸大亂，下落不明，但從幾個小時前開始，網路上開始散播謠言，懷疑鮎川舞子自己也抽大麻，所以想暫時躲藏，直到從她的尿液和頭髮驗不出證據為止。

「小百合，請妳相信我。我現在也只能這麼說了，拜託。」

舞子以懇求的態度請託。

「我當然相信妳……」

就在小百合說完這句話後，突然一陣雜音傳進耳中。似乎有人搶走了小百合的手機，「等、等一下啦。」小百合發出慌亂的聲音，同時傳出小百合丈夫的聲音說道：「喂？喂？舞子嗎？是我。」

「信孝先生？抱歉，這次給您添麻煩了。」

「不不不，真的很不好意思，別墅沒辦法借妳耶。」

「咦？可是我人已經到了附近……而且小百合她說……」

「嗯……不過，真的很抱歉。還是沒辦法借妳。當然了，我們都相信妳，也很替妳擔心。不過，我看不出事態會怎麼發展。重要的是，雖然公司是我們家自己人開的，但我好歹也是上市公司裡的董事吧？要是發生什麼事的話，我也無能為力。」

不過，就在舞子想要插話時，信孝說了一句：「……這次真的很抱歉。」單方面地掛斷電話。

「喂、喂。」舞子慌張的呼吸聲，被森林裡吹來的風捲走。

怎麼辦……

舞子頓時無法思考，取出小鏡子照自己的臉，試著睜大眼睛，吐出舌頭，讓心情平復。

小百合向來都對丈夫唯命是從，舞子也不認為這次她說服得了信孝。說到小百合，就算她晚餐已即將準備妥當，但只要下班返家的信孝說他想吃不一樣的菜，為了不想惹他不高興，小百合會二話不說，馬上重新煮過。

「不想吃就不要吃啊，妳這樣回他不就得了。」舞子聽了之後相當憤慨，但小百合不以為意地說：「沒關係、沒關係，就只是重新煮一頓而已嘛。」

舞子認識小百合時，兩人都還只是十五歲的年紀。

兩人分屬不同的經紀公司，不過，出道前在同一家發聲練習教室上課，一個禮拜會見上幾次面。有十名已確定會在演藝圈出道的女孩都到這家教室上課。這些來自全國各地的女孩，不光在班上或學校出色，她們都號稱是各地最可愛的美少女，就某個意涵來看，可說是要從中選出第一名，所以戰況激烈。歌唱和演技的評價自不待言，雖然才只是十五、六歲的少女，但是和怎樣的男友交往，家裡是否財力雄厚，手中握有的武器都得盡數施展才行。

有位橫濱出身的女孩，名叫富士優子，當時和一位以橫濱中華街當地盤的華僑少年幫派的老大交往，每次一上完課，教室所在的澀谷公園通就會停一整排他們幫派的改裝車。

有位叫野上理沙的女孩，是金澤一家生產橡膠產品的大企業老闆的獨生女，住在父母替她買下的一棟青山高級華廈裡，還有從老家帶來服侍她的傭人，父母每個禮拜都會到東京來看她，會依照上音樂課穿和上學穿等不同用途，買好幾套衣服送她。

話雖如此，包含舞子在內，大部分女孩都是在一般家庭下長大，為了實現自己的夢想、為了孝敬父母、為了受人矚目，各自為了不同的目的，夢想著能在演藝圈發光發熱。

小百合從當初認識的時候起就顯得落落大方，那早發育的豐滿身材，雖然才高一，就已美豔欲滴。

小百合隸屬於一家小型的經紀公司，與黑社會有深厚的關係，遠非現在所能想像。

某天，上完音樂課回家時，小百合找舞子出來，對她說：「我想特別跟妳說件事。」兩人來到原宿一家三明治店，填飽肚子後，在代代木公園交談。小百合一副難以啟齒的模樣，一再喝著寶特瓶裡的水，向舞子坦白說，她在社長的吩咐下，陪各種業界的相關人物上床。

小百合說到一半哭了起來。一開始她極力忍住嗚咽，但最後再也按捺不住，哭得像個鬧脾氣的小孩。

當時舞子還沒性經驗。她當然想像得出是怎麼回事，但坦白說，小百合實際受了怎樣的苦，她無法有真切的感受。如果當時她有經驗的話，不知道會對小百合說些什麼，現在每當舞子想起當時那件事，就感到背脊發涼。

「要在演藝圈出道，用以前人的說法，如果沒有像是被賣入妓院般的覺悟，就不可能成功。就是因為有這樣的覺悟，才能出人頭地。如果小百合妳真的想在演藝圈成功的話，現在就只能忍耐了。如果是我，不管再苦也會忍耐。」

說著說著，不知為何，連舞子也跟著哭了起來。不過，她並不是對小百合的痛苦深有同感，而是像社團活動中，彼此立誓一定要在下次的地區大賽中贏得優勝，所產生的興奮與淚水。

「……小百合，我永遠都挺妳。今後我們就當彼此是姊妹吧。妳可以當我是姊姊。我也會把妳當妹妹看待。」

當時才十五歲，明明什麼都不懂，卻當自己什麼都懂。

舞子自幼就是個好勝的女孩，也曾和男生扭打在一起。她在小五那年，班上有個叫梓沙的女孩對她說：「我媽媽說，我們學校裡長得最可愛的女孩就屬舞子了。以妳的水準，如果當偶像，一定會大紅大紫。」舞子這才發現自己可能算是長得特別可愛。

這位叫梓沙的女孩很迷偶像，還說日後想製作偶像穿的服裝，當時她可能是順著這樣的話題，向母親詢問，如果我們學校能出偶像的話，妳覺得誰有這個可能呢。

對孩子來說，客觀的意見擁有神奇的力量。一聽梓沙這麼說，之前放學回家遇上的那些像野狗般的男孩們所投注而來的視線，感覺頓時有明顯的不同。

上國中後，情況更加不同。參加完入學典禮返家時，一群高年級的太保包圍她，嬉鬧地對她說：「挺可愛的嘛。」隔天，學校裡的太保老大前來告白，要求和她交往。舞子當然是當場拒絕，但幸運的是，有位大她兩歲的女生名叫結花，與她住同一個社區，從小玩在一起，身分就像是學校裡的太妹老大，在她的居中調解下，才沒惹惱那位向舞子告白的學長，舞子反而還變成像那群太保裡的吉祥物般，在學校裡備受禮遇。

隨著年級增加，舞子的名聲也變得響亮。因為才入學第一天，她的事就在學校裡傳開，所以傳播速度非比尋常，附近的國中、市內的國中和高中，接著連地方上的大學生，也都在舞子放學時跑來看她的廬山真面目，這時，東京的經紀公司也派星探到她家中。

來的是一家大型經紀公司，他們旗下有許多知名的演員和藝人，舞子就不用說了，連她母親和祖父母也都知道。

舞子馬上便回答說：「我想試試。」與其說是對演藝圈感興趣，不如說是像受邀展開一場尚未體驗過的海外旅行。

她開始一邊上國中，一邊上培訓所的課程。齊聚一堂的，全是處境相似的女孩，但她們有個和舞子截然不同的特點，例如她們會對培訓所的老師或經紀公司的員工獻媚；例如自己的分數只有八十分的話，剩下的二十分就想靠這招來補足。

連在這種地方都差了二十分，那表示根本就沒這個能耐吧？

舞子看著這些女孩，冷靜地展開思索。事實上，培訓所和經紀公司毫不留情地從這些女孩開始剔除，她們就此打包行李返回家鄉。望著她們離去的身影，舞子曉悟，人的一生，可能總有一天得在某個地方向人獻媚。而什麼時候在哪裡向誰獻媚，會由當事人的價值來決定。

後來她順利地出道，人氣驚人。而且很幸運的，甫一出道就在NHK晨間連續劇裡演出，雖然飾演的是主角的摯友，但她精采地詮釋了那位明治時代的護理師，悲劇性地結束一生。當電視上播出舞子在日俄戰爭中喪命的那一幕時，全國各地甚至有影迷為她舉辦喪禮，這則新聞在電視上大肆播放。

舞子趁著這股氣勢發行的第二張單曲〈逃吧，大小姐〉，一反劇中角色，改為以開朗的曲調，搭配華麗的服裝，載歌載舞，她的笑臉一口氣擄獲世人的心。

事實上，舞子有歌藝，也有演技，這個時期若能遇上足以代表那個時代的樂曲、電影，或是電視劇裡的角色，就能像美空雲雀、吉永小百合、山口百惠、松田聖子、宮澤理惠、廣瀨鈴一樣，成為受那個時代寵愛的偶像，這是業界專家們共通的意見。

當然了，她所屬的經紀公司和大型廣告商也都力捧舞子，包括電視廣告在內，幾乎每天都能在電視上看到舞子。但她始終沒有代表作。

雖然也請一流的音樂家替她作曲，但不知為何，寫出的都是平庸之作。那些坎城影展和威尼斯影展常客的電影導演執導的作品，舞子也曾參與演出，但不知為何，唯獨舞子演出的作品未獲好評。她的樂曲過於走在時代尖端，令一般民眾無法接受，電影也太過前衛，別說一般觀眾了，連業界也沒能給予青睞。

就像每次參加大賽，眾人都期待能刷新世界紀錄，但最後都辜負眾人期待的運動選手般。明明理應跑得比誰都快，但漸漸地再也沒人替她加油。相反的，那些沒才能的選手在賽跑過程中跌倒，但還是沒放棄，一路朝目標挺進的模樣，反而能博得世人的掌聲。

比起為一流的人物嘆息，世人更喜歡為二流的人物加油。

那年歲末，舞子原本被看好能入選紅白歌合戰，沒想到最後卻落選了。而取代她登場的，是從當時當紅的偶像團體中分出的兩個團體。在隔年的新春節目中，舞子突然公開說，自己也是這個偶像團體的核心人物梨梨子的歌迷。還說在電視上看到梨梨子，覺得她實在太可愛了，很想親她一下。

這是在獻媚。

對當紅炸子雞的梨梨子，以及對她上百萬的歌迷。

她對梨梨子當然沒什麼特別的感覺。就只是別有居心，希望她有一部分的歌迷能對她投以關注。

她的發言瞬間就在演藝圈激起漣漪，但沒造成多大的迴響。

一個人什麼時候在哪裡向誰獻媚，會由當事人的價值來決定。

若真是這樣，舞子的偶像人氣直線下滑，就是在她做出這樣的發言之後。

不過，腦筋轉得快的舞子，馬上擔任起綜藝節目和歌唱節目的主持人，勉強在演藝圈存活下來。過了二十五歲後，同期出道的女孩們，有九成都已退出演藝圈。

小百合也是勉強在演藝圈存活下來的其中一人。她性感的身材，落落大方的個性，演藝圈的大老們相當喜歡，論知名度，當然遠不如舞子，但她後來被提拔為某料理節目的助手，大家都說她穿圍裙的模樣特別引人遐思。話雖如此，當這個料理節目喊停後，小百合的工作量也隨之驟減。

當時有家頗具規模的貨運公司，介紹這家公司第三代社長信孝給小百合認識的人，正是舞子。

小百合美豔的外表下，其實個性傳統，這點信孝相當中意。之後兩人結婚，小百合就此退出演藝圈。

舞子很高興小百合作出這樣的決定。十五歲那年，她沒能拯救小百合，雖然她當自己已經忘了這件事，但現在看小百合出嫁，她才覺得自己終於可以獲得原諒。

舞子自己則是在三年後，與長她三歲的演員真咲勉結婚。他在舞子擔任第二女主角的一齣喜劇中參與演出，兩人談了一場純純的愛。話雖如此，當初原本並未想過要結婚，但舞子已即將滿三十歲，她與經紀人和公司討論後，決定將明星夫妻這樣的可能性也納入考量。

剛結婚那幾年，在這樣的新鮮感下，工作量增加。夫妻倆合拍的洗衣精廣告甚至形成了流行語，也曾以模範夫妻的形象接受過珠寶品牌的表揚。

不過，原本就性好奢華的丈夫真咲，從這個時期開始頻頻結交損友。舞子再三提醒他，但丈夫對此充耳不聞。

更換備胎的作業似乎已經完成。這位親切的地方人士用毛巾擦拭髒汙的雙手，猶豫著該不該出聲叫喚她。

原本以手機查詢附近有無旅館可供今晚住宿的舞子，就此放棄搜尋，回到男子身邊。

「抱歉，把工作都丟給你做。」

她跑向男子身邊，從他身上聞到一股奇妙的氣味。不是汗臭，或許該說是山野的氣味吧，雖然很獨特，但並不會讓人反感。

「……這樣就能正常跑了嗎？」舞子問。

「是能跑，但時速別超過六十比較好。」

男子那一本正經，看起來略顯不悅的態度，舞子依照過往的經驗，早已司空見慣。

一般人遇到像她這樣的藝人時，大多會分成兩種類型。「我常在電視上看到妳！」「我是妳的粉絲！」見面時誇張地大呼小叫，但離開後，馬上態度驟變，逢人便說「本人膚質很差呢」，這是一種類型。而另一種類型則是像男子一樣，極力壓抑見到藝人時的興奮和感動，不由自主地表現出冷淡的態度。

「時速最高只能開到六十嗎？」舞子問。

「是能夠更快，但不建議。」

「那麼，能開高速道路嗎？」

「依法是可以……不，這輛車原本是較粗的輪胎，現在只有一邊是較窄的輪胎，會不太平衡。」

仔細一看，與其他輪胎相比，這備胎確實窄得教人不放心。

「請問！您是要到這附近的別墅拜訪嗎？」

男子突然大聲說道。就像新人第一次演戲似的。

「啊，對。原本是這樣沒錯，但是……對方突然不太方便。」

舞子重新望向男子。因為她失蹤的新聞快報已經播出，男子很可能已經知道她目前所處的狀況，但之前一直沒談到這個話題。說到這個，不久前她去了一家超商，那裡的店員就像看到殺人犯似的，一臉慌亂，甚至將裝有商品的購物袋又放進了另一個購物袋裡。

她確定之後馬上告訴別人，鮎川舞子來過店裡。

與那名女店員相比，眼前的男子顯得莫名冷靜。一開始雖然掩飾不了遇見藝人的驚訝，但他沒用望著逃犯般的眼神看舞子。

「……請問，您是這附近的住戶吧？」
舞子像在打探般地詢問。
「啊，對。我在前方經營一家溫泉旅館，是像民宿般的小旅館。」
不知他是否原本就這樣的說話方式，回答時就像照著台詞念一樣。
儘管如此，舞子卻滿懷期待。溫泉旅館？就算沒能過夜，或許能讓我在那裡稍微休息一下。
男子頷首。
舞子進一步打探似地問道：「呃，您知道我是誰對吧？」
「……是這樣的，我現在遇上一些問題……這幾天發生了一些事……這您知道吧？」
「不！我不知道！」
舞子話還沒說完，男子便極力否認。他那堅決的口吻，令舞子忍不住向後退。
「……我那是位於深山的旅館，沒有電視這類的東西，所以最近發生的事我都不知道。」

他可能原本說話就是這個樣子吧，就像照著台詞念似地回答道。他說沒有電視，那可能真的不知道她目前的狀況，萬一之後穿幫，那就到時候再說，總之，現在只想確保晚上有地方可住。

「可以嗎？」

「可以。」

男子愣了一下，彷彿現在才意識到她問的不知道是什麼。

「請問，真的不會給您添麻煩嗎？」舞子問。

「不會。雖然今天客滿，但我們有備用的房間，那裡大概已備好了攝影機……」

男子突然閉口不語，舉止可疑，滿臉通紅。

「攝影機？」舞子問。

「啊，不，沒事。當我沒說。」

男子大步朝自己的車走去。

老實說，舞子實在不太想去，但也沒別的辦法。

就先開車跟著他走，如果苗頭不對，就馬上掉頭。舞子拿定主意，也坐上自己的車。她跟著男子緩緩向前駛出的廂型車走，接著車子開始爬上一條叫珍珠公路的馬路。

很快便來到險峻的山路，接連都是大彎道。對方似乎顧慮到她的駕駛技術不佳，廂型車的速度放得很慢，但接連的彎道下來，還是會跟丟，這時對方總會刻意停下車等她跟上。

平時舞子都是坐經紀人開的車，已有好多年沒自己握方向盤了。

明明是這種時候，但眼下出現的，卻是雄偉的溪谷，茂密的美麗杉林。行駛一陣子後，來到一條橫越草原的筆直道路，舞子不由自主地打開車窗，高原的涼風馬上吹進車內。

……啊，是那個男人的氣味。舞子重新望向行駛在前方的廂型車。

廂型車接著從馬路駛進未鋪柏油的山路。原本以為是草地的地方，到了冬天似乎會成為滑雪場，一旁立著大大的看板。

前面那輛廂型車速度放得更慢了，在凹凸不平的紅土路面上一路挺進。如果天候不佳，或許會覺得有點可怕，但在蔚藍晴空下的這片廣闊草原，令跟在陌生男子廂型車後方駛進山中的舞子感到心情輕鬆愉快。

半晌過後，男子經營的溫泉旅館已出現眼前。旅館入口處立著一塊大看板，上頭寫著「歡迎來到油燈旅館．大空高原」。

未鋪柏油的道路鼓起，一處小小的廣場似乎便是旅館的停車場，已停了約莫十輛旅客的車子。

旅館不大也不新，但卻是一棟別有風情的山莊，與環繞旅館占地，布滿青苔的石牆相得益彰。

舞子朝空位停好車後，男子已下車朝她跑來，所以舞子打開車窗說道：「這裡有好多客人呢。」

男子轉頭看停車場，應了聲「嗯」，設想周到地說：「我帶妳從後門走，不用和其他客人打照面。」

平時對於旅館的這種刻意安排，舞子都覺得太過誇張，而加以拒絕，但今天則是順從他的好意。

男子替她拿旅行包，走上一處像是通往後門的狹窄石階。舞子跟在他身後走，看到一塊寫著「離天空的露天浴池一百公尺」的看板，男子打開後門等在前方。

「順著這條山路走，有一座露天浴池是嗎？」舞子指著看板。

「是的，是我和家父親手打造的。」

男子如此回答，神情急促地迎舞子入內。

館內光線昏暗的走廊，擺出許多張老舊照片。似乎原本是供登山客住的山莊，設有壁爐的小間休息室牆上展示著舊式的登山頭盔、裝在鞋子上的金屬配件等。

似乎已有客人入住，但館內一片悄靜。男子走進最前面的客房後，馬上又走了出來，一臉納悶地說道：「請等一下。我認為這裡可以住，但還沒打掃。」

「真不好意思，您住房都客滿了，我還提出無理的要求。」舞子向他道歉。

「我這就去準備，請在裡面的交誼廳稍候一下。現在不是營業時間，所以沒人。」

男子說完後，快步離去。

舞子依言走過走廊，進入寫著「星空交誼廳」的咖啡廳。

與男子說的情況不一樣，交誼廳裡有一對年輕情侶，正從窗戶俯瞰外面的峽谷。兩人聽到舞子的腳步聲就此轉頭，對她說了聲「您好」。

舞子急忙把臉轉開，小聲地回禮。

兩人就像與舞子交換般，步出交誼廳。因為背對著他們，所以不清楚究竟是怎樣，不過感覺不像是已察覺舞子的身分。

剩自己獨處後，舞子環視室內。

厚厚一塊木板作成的吧台上，擺著一台自助式咖啡機。空間並不寬敞，但天花板和牆上貼有顏色鮮豔的天體圖，可以從那一大扇窗俯瞰幾欲把人吸入的峽谷。窗邊還展示這一帶的立體模型，從中得知，不同於這棟本館，離這裡不遠處還有一座名為「一池山莊」的別館。

舞子裝了一杯自助式咖啡，坐向靠窗的座位。吸了口咖啡香，閉上眼睛，頓時覺得自己彷彿這十幾個小時來，第一次閉上眼睛。

而她疲憊的眼睛就像麻痺一樣，沒意義的眼淚就此滿溢而出。因淚水而迷濛的眼睛，映照出裝飾在交誼廳牆上的天體圖，遙遠的記憶就此甦醒。當初儘管她因〈逃吧，大小姐〉這首最暢銷的歌曲而走紅，但那年卻沒能入選紅白，而在眾人看好她的歲末新人賞大賽中，獎項也全被當時高人氣的偶像團體拿下。當然了，這樣就對未來悲觀，尚嫌太早，而事實上，她的工作也越來越順利，有一部描寫三名女高中生日常生活的寫實劇《星星們的放學後》，也找她參與演出。

這齣日劇是出自當時人稱電視界天皇的編劇家之手，是東京電視台傾全力拍攝的一部大戲，它那描寫女高中生生態的寫實內容，一旦播出，肯定會在社會上引發轟動。

所以舞子也欣然接受，她心想，這次如果沒能搶下主角的位置，就表示自己沒有成為明星的資質，以這種勢在必得的態度前往試鏡。

試鏡的結果，舞子成為三名要角的其中之一。不過，最後敲定的角色並非女主角，而是主要配角。

如果那次搶下女主角的是編劇或製作人的情婦，舞子還能以此自我安慰。但那次審查很公平，在眾多工作人員都想拍出一部好作品的熱忱下，舞子沒能雀屏中選。

那天晚上，她主動與之前幫她拍雜誌彩頁照片的攝影師聯絡。對方就像是個直接長大成人的棒球少年，不過已有妻子和一個即將兩歲的女兒。

如果問舞子當時是否真的喜歡他，恐怕也不是這麼回事。就只是因為當初在關島拍照，也常在東京一起討論，一個十多歲的女孩就此對一名成年男性抱持淡淡的情愫。

不過，她同時也明白，這種再普通不過的情愫，就只存在於普通女高中生的世界裡，她深信自己擁有的是個與眾不同的世界，唯有捨棄這種情愫才看得到。

那天晚上，他帶舞子去澀谷一家西班牙餐館，對她無比溫柔。舞子略感緊張，男子則是在桌上一直輕撫她的手指。

「我是第一次，請你待我溫柔一點。」舞子說。

她因難為情而飆汗。

面對這一生中難得一遇的試鏡機會，她卻落選了，今晚如果不這麼做，她便無法對自己死心。

幸好對方並非是個不識趣的男人，不會說「妳為什麼選我」這種話。他什麼也沒問，就只說了一句：「妳主動與我聯絡，我很高興。」

隔天早上，他開車送舞子回經紀公司的宿舍。舞子並不覺得自己和過去有什麼不同，但對過去的自己微微有股羨慕之情，這也是事實。

這天早上，她在宿舍沖澡時，不知為何，淚水滿溢而出。她不知道原因為何，但自己做了這樣的犧牲，卻還是忘不了試鏡的事，她很氣這樣的自己。

康太俐落地將備用的客房打掃乾淨，暗自嘀咕道：「……搞什麼嘛，還以為他們都打掃好了呢，是工作人員太混嗎？」

……也對啦，可能是他們想，如果準備得太周全，我就會發現。

當然了，康太在打掃時，特別小心留意，避免不小心發現攝影機或麥克風。

幸好，到目前為止一切順利。本以為自己會很緊張，不過，與舞子的對話應該都還算自然。

康太從棉被間拿來床單，鋪在墊被上時，突然坐立不安起來，心想，總不會真的睡在這裡吧，應該是攝影結束後就會回去吧？

就在這時，在旅館裡打工的國枝衝進房內，大聲嚷道：「康太先生！康太先生！你在這裡做什麼啊？應該說，你什麼時候回來的？」

康太一時差點受他影響，但他馬上意會過來，心想，原來如此，要開始了是吧，他就此切換心情，裝傻說道：「抱歉，今天要用這個房間。」

「這個不重要啦！」

國枝踢開腳下穿的涼鞋，走進房內，刻意壓低聲音在康太耳邊吼道：「……鮎川舞子來了。是那個鮎．川．舞．子！」

康太一時搞不懂這整人節目要如何進行，但他還是告訴自己，這時候要保持冷靜，勉強回了一句：「哦，我知道啊。因為發生了一些事，今晚我安排她在這裡過夜。」

「咦？咦？你說你知道？可是……咦？要在這裡過夜？」

望著瞪大眼睛的國枝，彷彿就像一開始還不知道整人節目的事，而在別墅區的入口處遇上舞子的自己就站在面前似的，康太極力忍住不斷狂湧的笑意，同時對國枝大為佩服，心想，國枝還真是演技派呢。

「沒錯，所以你也稍微冷靜一下吧。」康太說。

「這、這要怎麼冷靜啊，因為……」

「嗯，我明白，我都明白。」

國枝來回望著康太以及舞子所在的交誼廳，反覆說著：「因為……」

「這件事之後我再好好跟你說，現在暫時先交給我處理。」

「不，我是無所謂，可是在客人們之間已經引發軒然大波了。」

國枝就像現在才想到似的，口沫橫飛地報告最重要的事。

聽國枝說，似乎是在星空交誼廳撞見鮎川舞子的那對年輕情侶，臉色大變地跑到櫃台報告這件事。

說到鮎川舞子，目前仍下落不明，可說是全國國民關注的焦點。那對年輕情侶說，這樣的人出現在旅館裡，最好馬上報警，當時剛好有一群老年人團體在櫃台旁的休息區吃旅館招待的蕨餅，此事似乎傳進他們耳中，就此事情越鬧越大。

資深員工登紀就在現場，勉強平息了風波，但就算我方沒主動通報警方，客人們也會報警，這是時間早晚的問題。

聽到這裡，康太還是一派輕鬆，一臉感佩地心想，原來是這麼回事啊。

……不愧是電視節目，原來他們鎖定的不光是在旅館內拍攝的畫面，而是警方趕來的逮捕場景啊。

的確，如果站在觀眾的立場，事情鬧得越大越有趣。

就像早看準時機般，這時交誼廳突然一陣喧鬧。

「你看、你看。」國枝慌張地走向走廊。

康太也緊跟在後，心想，原來如此，這樣的話就不會用到這個備用房間了，難怪都沒事先準備。這時他才發現整個企劃的流程。

來到走廊後一看，客人們正往舞子所在的交誼廳內窺望。

「你看、你看。」焦急的國枝在背後推他向前，康太就此朝客人們走去。

他撥開客人的背部，走進交誼廳之後，發現舞子躲在裡頭的屋柱後方。

「我們走吧。」康太向她喚道。

「可是……」

「沒關係的。」

康太隨手牽起舞子的手，一邊說：「抱歉，借過一下，抱歉。」一邊帶著她走向走廊，就此前往剛才走進的後門。

康太邊走邊道歉道：「抱歉，驚擾您了。」

聽康太這麼說，舞子彷彿這才回過神來，「不，我才不好意思，給您添麻煩了，真是抱歉。我這就離開這裡。」她一臉不安，幾欲就此停步。

失去容身之地的舞子顯得意志消沉，康太覺得可能是自己想多了，感覺她連臉色都不太好看……正牌演員的演技果然不是蓋的，康太滿心佩服地走向停車場。

走到半途，他才想到，接下來不知該去哪兒才好，對此感到不知所措，但偏偏這時候又不能問舞子要去哪兒。

「其實我……」

舞子駐足，像下定決心般開口說道。

「我現在遇上了一些麻煩，想暫時一個人靜一靜……所以獨自離開東京。」

「我知道，實情我已經知道了，不好意思。」

康太就像要打斷舞子的話似的，直接插話。

「咦？你知道？」

「我知道妳在逃離眾人……」

「咦？你知道，所以才出手幫我是嗎？」

「是的，抱歉，沒跟妳說。」

「哪裡……」

「很抱歉，沒能幫上妳的忙。總之，現在我們先到別的地方，再來好好思考接下來該怎麼做吧。」

「可是，我真的不能再給您添麻煩了。」

「真的沒關係。而且，就算妳要離開這裡，那也得先找個地方想想看接下來該怎麼做。」

「說、說得也是。啊，如果可以的話，您在上面不遠處有一間別館對吧？那裡現在有對外開放嗎？」

「啊，對哦。」

……原來是那裡啊。康太就只是浮現這個念頭，接下來該怎麼做，幾乎已沒必要細想。

「那裡沒開放給泡溫泉的客人使用，不過，有時會出租給登山客。所以可以去那裡。那裡物品大致都已備妥。」

「真的很不好意思，只要再讓我待一個小時就好，可以請您幫這個忙嗎？我絕對不會給您添麻煩的。」

「當然可以。在您決定好接下來的行程前，要待幾個小時都行。」

康太帶舞子來到外頭，讓她坐上自己的廂型車。

從這裡前往舞子稱之為別館的一池山莊，開車需往上走十五分鐘的山路。

抵達一池山莊後，康太本以為會為了攝影而稍作整理，沒想到還是和平時一樣零亂。一進門就是土間[5]，上頭堆滿了本館使用的備用品紙箱。

為了消除霉味，康太將屋內的窗戶一一打開。旋即涼風吹進屋內，倍感舒暢。

舞子一抵達這裡，便來到屋外打電話給某人。康太頓時無事可做，他一邊提醒自己盡可能別東張西望，一邊朝水壺裝水準備泡茶，打開爐火。

舞子似乎就站在門外，她打電話的對象好像已經接聽，但聽不到她的對話內容。

這裡的標高不知道比溫泉旅館的本館高出多少。舞子來到山莊外，俯瞰眼前整片都是原野的陡坡。四周沒有高大的樹木，感覺這裡不像高山，反倒比較像置身在科幻電影裡會出現的行星上。

她做了幾個深呼吸後，撥打電話，經紀公司的益田社長馬上接聽。

本以為她會以更焦急的態度接聽，但是她發出的這聲「喂」，似乎刻意壓低，不想讓周遭人聽到。

「對不起。」舞子先向她道歉。

身旁果然有人在，社長似乎正走向其他地方，隔了好一會兒才接著問了一句：「妳現在人在哪兒？」

「真的很對不起。」舞子又重複說了一遍。

「妳不要緊吧？」

「嗯。」

「現在人在哪兒？」

「在一位認識的朋友這兒……」

「在東京嗎？」

「……不是。」

5. 日式房子進門處沒鋪木板的黃土地面。

舞子與益田社長過去兩人一同攜手開創事業。益田是前任社長的長女，大學畢業後，以見習經紀人的身分第一個負責的藝人，就是舞子。兩人都是不服輸的個性，曾經在某電視台的藝人休息室大吵一架，鬧到有人叫警衛來，當時的模樣還被週刊雜誌披露，但舞子相信益田對演藝圈的敏銳嗅覺，而益田也認為像舞子這樣的人才，如果不能讓她成為巨星，自己就沒資格在演藝圈混飯吃。

從那之後，舞子凡事都找益田商量。而益田接下社長的職務後，對舞子更是照顧有加，明顯有別於其他旗下藝人。對舞子而言，她在經紀公司內的特別待遇，是她的最後堡壘，而益田也是，擁有這麼好的人才，卻無法將她打造成巨星，所以這是她對自己的能力不足表達歉意的方式。

而從頭到尾都反對舞子與真咲結婚的人，就是益田。

話雖如此，如果沒炒熱話題，像舞子這種年過三十的昔日偶像，工作量會越來越少，這是明擺的事。

最後，益田也認同舞子與真咲的婚姻，但從那之後，兩人便漸顯疏離。

「舞子，現在輿論是什麼狀況，妳可有掌握資訊？」

益田的聲音再次傳入耳中，舞子無力地應道：「嗯，我一直都用手機上網看。」

「我也只能請警方尋人了，抱歉。要是能再等一陣子就好了，但要是這麼做的話，我們的金主和電視台的人會懷疑是我們將妳藏匿。在M電視台的菊池先生的判斷下，我直接與警方聯絡了。幸好《M＆J》的節目錄製，因為假日調整而空出兩週來。所以我打算趁這段時間好好思考對策。舞子？妳在聽嗎？」

「……嗯，抱歉，我在聽。」

聽到自己主持多年的深夜歌唱節目的名字，舞子頓時感受到一股疲憊感，彷彿身體變重許多。

……就算逃也沒用。

舞子心知肚明。這種事，打從她產生想逃的念頭，走出屋外的那一刻起，就已明白。理應腦中一片混亂，無法思考，但她唯一清楚明白的一件事，就是逃也沒用。

「還有……」

益田一時變得欲言又止。

「……還有，剛才警方打電話到公司來。說他們想向妳問訊。被逮捕的真咲，好像提到一些關於妳的事。」

理應早已明白一切，但一聽到「問訊」這兩個字，舞子馬上感到怯縮。她可以輕易想像得到，真咲在強悍的刑警面前，一邊顫抖一邊虛張聲勢的模樣。

「……舞子？妳還在聽嗎？」

益田的聲音，令舞子抬起原本緊盯著自己雙腳的視線。不知不覺間，眼前的峽谷已布滿雲海。

「啊。」

這美麗的景致令舞子不由自主地叫出聲來。

「舞子？請妳老實回答我。如果妳老實跟我說，我也會盡可能幫妳。我會幫妳安排一場將傷害減至最低的記者會。不過，要是妳不願老實回答我，我也幫不了妳……舞子？妳也吸毒嗎？」

宛如掀起白浪的大海，一路往這樣的高山上直逼而來，白雲像浪潮般湧向山峰。

當舞子第一次在六本木的飯店桌上看到隨意擺放的白粉時，心想：「啊～真是夠了。」那就像外出時，突然遇上大雨，在心裡嘀咕：「啊～真是夠了。」

她與真咲交往沒多久，便耳聞當時與真咲往來的朋友當中，似乎有人沾染這種玩意兒。

「那是什麼？」舞子一進屋就問道。

「同學會如何啊？」真咲改變話題。

「早知道就不勉強自己去了。」舞子回答。

「我就說吧。」真咲笑道，將白粉留在原地，走進浴室。

舞子也留白粉在原地，走進衣帽間，脫下薄大衣。

之前不管再怎麼邀約，舞子都不肯參加的高中同學會，這次之所以會想參加看看，一來也是因為至今仍有好交情的昔日同窗友美直接開口向她邀約，不過，真正令她心動的是一句話——「舞子，妳來的話，大家一定都會很驚訝的。不過，眾人圍著妳，妳可能會不堪其擾就是了。」

當時舞子還過著只往返於自己住家和電視台的生活，這是她生活的一切。遇見的人全是熟面孔。偶爾也想受眾人包圍、吹捧，她心裡確實也存有這樣的願望。

不過，在她參加的那場同學會中，舞子受到意想不到的對待。當然，一開始她就像神秘嘉賓般，成為全場的中心人物，不過前來參加的，全是當初深信她會成為大明星的同學，當時他們每個人應該都曾向人吹噓說自己和鮎川舞子是同學。不過，正因為是同學，對於最後只成為電視藝人的舞子，他們的評價相當辛辣，一位以前曾對她說：「妳連我的名字都記不住。」全校最受歡迎的男同學，跑來跟她開玩笑道：「我現在還單身哦。」至於以前在班上很不起眼，緊張得連靠近舞子身邊都不敢的男生，現在狀甚親暱地坐向她身邊對她說：「我看了妳之前的旅遊節目，我也曾經去過那裡呢。」

當然不是因為這樣就令她感到不悅。不過，一開始決定參加同學會所抱持的期待，與現實的落差實在太大。不可能現在還維持十六歲的心態，與十六歲時的同學們見面。

同學會開始三十分鐘後，舞子就不再是主角。當然了，還是有人會湊到舞子身邊，不過，會場上到處都是高中時代暗戀沒能告白的男女，對重逢所感到的喜悅，而另一個地方，則是男人們湊向現在搖身一變，顯得女人味十足的女人身旁，毫不掩飾地展露自己想追求的心思。

友美可能是發現舞子顯得悶悶不樂，一臉歉疚地來到她身旁向她問了一句：「怎麼啦？」

現在身旁還有別人在，舞子無法直截了當地說「很無趣」，只好言不由衷地說：「沒事，我很開心。」

友美似乎真的相信這句謊言，她趕走旁人，坐向舞子身旁，將手中的白葡萄酒一飲而盡，呼出濃濃的酒氣說道：「我覺得啊，到頭來，也許像她那樣才是最幸福的。」

友美的視線前方，是她們的昔日同學日向子，正被一群想追求她的男人們前後簇擁。

「舞子妳是全國男人憧憬的女神，不過像日向子這樣的女人，則不是那種大舞台上的人物，在這種同學會的小舞台裡，她這種人可受歡迎了。在大舞台裡賣出十萬本寫真集，與在這個小舞台裡，成為身邊男人們性幻想的對象，兩者的等級當然不能等同而論，不過，如果拿妳和日向子比較的話，身為女人，或許日向子要更為幸福得多啊。」

這天晚上，提早離開同學會的舞子，前往與真咲相約的飯店。隨意擺在桌上的，是白粉。

當時舞子第一次見識到這種毒品。

個性向來有話直說的友美，曾對她說：「妳也待在演藝圈，所以要小心提防毒品。妳周遭有人吸毒吧？」每次演藝圈只要爆發這種事件，大家就替舞子擔心，但事實上，舞子在邂逅真咲之前，周遭完全沒人和毒品有關聯。

如今回想，舞子覺得自己備受保護。

雖然不是會對藝人分等第的綜藝節目，但一流的藝人會受到保護，不會與那種人有往來。這些藝人周遭築起厚實的高牆，被關在牆壁內，是個孤寂的世界，但卻能保護他們不受任何邪惡的誘惑侵擾。

不過，如果身為藝人的等級下降，情況也會隨之改變，那厚實的高牆會漸漸變矮變薄。

各種有形無形的人，早已做好準備等在牆外。牆壁越矮，越能看見這種人的身影。

那天晚上，真咲遲遲不從飯店的浴室裡出來。沖澡的聲音多次中斷，但不知為何，隔了一會兒，又傳出水聲。

白粉仍擺在桌上，舞子望著眼前的粉末，冷靜地心想——哦，原來是這麼回事。

我已不再是一流的藝人，所以眼前才會出現這種東西。

過去保護我的厚實高牆，曾幾何時已經變矮，像真咲這樣的男人得以自由進出。

如果是早在幾年前，像真咲這種程度的演員想靠近舞子，根本是不可能的事。舞子的經紀公司會先擋掉他，如果敢碰舞子這項商品，會有什麼後果，得付出何種代價，這是存在於演藝圈內的規矩，過去這項規矩將舞子保護得密不透風。

……等級降低就像這樣嗎？舞子想起那一點樂趣也沒有的同學會。

就在舞子朝白粉伸手的時候。明明還傳出沖澡的聲音，但身後卻傳來真咲的聲音。「要試試看嗎？」

身上只有腰間圍著浴巾的真咲，不知何時站在她背後，而且還邀她使用毒品，這一切舞子都沒多驚訝。

「才不要呢。」舞子笑著道。

「雖然只有兩、三個小時，但可以讓妳完全不去想那些討厭的事哦。」真咲說。

「跟傻瓜似的。」舞子嗤之以鼻。

「我覺得，這東西對妳大概不管用。」

「為什麼？」

「我總覺得妳具有這種體質，而且這東西藥效也不強。」

舞子一直靜靜觀看真咲當著她的面用鼻孔吸食白粉的模樣。坦白說，她沒任何感想。既不會在心裡想「原來他是這種貨色」，對此感到沮喪，也不會覺得害怕，當然更不會覺得開心。

真咲擁抱她時，身體還是溼的，肌膚仍留有沖澡的熱氣。

不經意地望向一旁，窗外是遼闊的東京夜景。

真咲從背後緊摟著她，以舌頭愛撫她的耳垂，但不知為何，舞子眼中浮現的卻是同學會上被男人們包圍的日向子。

……原來如此，日向子一直都是以真實的自己而受男人歡迎。舞子發現這件事。

……我總會忍不住猜想，不管對方再怎麼說他喜歡我，如果我不是名人的話，他會這麼喜歡我嗎？可是，日向子不會這麼想。因為對日向子開口說喜歡她的人，是真的喜歡日向子。

當真咲再次問她「要不要試試？」時，舞子沒回答。不過，她開始學真咲吸食白粉。

簡單來說，那天晚上，是她人生中第一次感覺這般自由。如果說，以前的性愛就像舔食甘甜的蜂蜜，那麼，那天舞子所體驗的，就像自己化為蜂蜜，一直有人用火熱的舌頭舔食她一般，一場無比激情的性愛。

火爐上的水壺已經燒開。雖說是夏天，但來到高山上，還是會覺得冷，爐火帶來舒服的暖意。

康太以沸騰的開水煮咖啡，或許此刻同樣有數台攝影機在拍攝，但說來也真不可思議，他並不覺得緊張。

這時，玄關門開啟，一陣風吹來，咖啡的熱氣隨之搖曳，舞子打著哆嗦走進屋內。

「開始起風了，外面有點冷對吧？」康太說。

「風確實有點冷……啊，火爐。」

舞子走近，雙手擺向那小小的爐火上。

「雖然是夏天，但在這一帶，一樣用得著。」

康太遞出咖啡杯，舞子本想用雙手捧，但喊了一聲「好燙」，露出難為情的笑容。這片刻的表情，令康太想起她偶像時代的可愛笑臉，頓時又開始緊張起來。

舞子喝了口咖啡後，準備好要正式演戲了。

「呃，真的給您添了不少麻煩。喝完這杯咖啡後，我這就離開。」

康太先做了個深呼吸，接著應道：「不，如果是這裡，妳要待多久都沒關係。」

因康太這句話，舞子裝出決心動搖的神情。

「……而且，妳離開這裡，要去哪兒？」

「去警局。」

「警局？可是，舞子小姐妳又沒做什麼壞事！」

連康太自己都覺得好像講得太大聲了，馬上自我反省，但唯獨這句話，是從他心底湧現的真心話。

……她明明從沒做過什麼壞事，但不知為何，總是星路不順。

也許是身為歌迷，從她偶像時代便一直替她感到不甘心，這時候一次全爆發開來。

「……對、對不起，突然這麼大聲說話。」

康太見舞子因為他那不合現場氣氛的大嗓門而感到畏怯，急忙向她道歉。

「你說我沒做壞事，你怎麼知道？」

舞子將捧在手中的杯子擱向圓木桌。

「我為什麼知道……因為我是妳的粉絲，從以前就是了。」

他聲音微微顫抖。這當然是肺腑之言，但康太還是很在意攝影機偷拍。

「……打從妳在漫畫雜誌的彩頁第一次亮相起，我就是妳的粉絲了，妳的第一本寫真集我也買了，全部ＣＤ我都有……該怎麼說呢，雖然我的人生平凡無奇，但在每個重要時刻，不論是歡喜還是悲傷，我一直都是妳的粉絲。」

明知這是電視台的整人節目，但不知為何，康太感慨萬千。為了第一本寫真集而給他零用錢的母親、一起打造露天浴池的父親，皆浮現他腦海。

康太明白這是綜藝節目，這時候落淚會讓觀眾覺得掃興，但還是管不住不斷湧現的熱淚。

為了不讓攝影機拍到，他低下頭猛擦眼淚，順便拿面紙擤鼻涕。

抬起頭一看，只見舞子看傻了眼。

「對不起。」康太不由自主地向她道歉。他心想，在這奇怪的時機下哭了起來，電視台的企劃都被他搞砸了。

他想問舞子怎樣才能挽救，但總不能在攝影機前這麼問。康太突然站起身，像沒流過淚似的，靠向窗邊。

這時，口袋裡的手機響起。

是店裡打工的國枝打來的，他就此接起電話，結果電話那頭傳來慘叫般的聲音說道：「喂？康太先生，你現在人在哪兒啊？喂？」

無比逼真的演技，連康太也忍不住跟著焦急起來，他就像念稿似地應道：「我不能告訴你！」

國枝在店裡已打工第三年了，似乎很適應山上的生活，之前康太也對他說：「如果你有意願的話，我隨時都能讓你當店內的正式員工。」

「你該不會還跟鮎川舞子在一起吧？」

面對國枝那朝耳畔襲來的聲音，康太扯謊道：「不，我已經跟她道別了。她請我送她去街上，我讓她在那裡下車了。」

「可是，她的車還在我們店裡啊！」

「啊，啊……那是因為……」

康太自己也知道，他說的話已漸漸兜不攏。

「店裡這邊現在鬧得不可開交啊！客人已經打電話報警了，警察也打電話到旅館來。他們說，要是不請康太先生回來，這件事將會無法收拾！」

「等、等一下，你剛才說警察？」

康太刻意大聲說，讓舞子也能聽見。他想讓舞子知道，目前一切進行得很順利哦。

但國枝卻表現出極度誇張的反應，大聲說道：「咦？康太先生，你不知道嗎？鮎川舞子現在正遭到警方通緝呢！」持續展開逼真的演技，彷彿連口水都會飛濺而來。

「遭到通緝？」康太順著他的話說。

「沒錯！聽說警方根據她先生的供述，對她的住處展開搜索，結果找到沾有鮎川舞子唾液的吸食器。康太先生？你有在聽嗎？然後剛才終於發出通緝令了，Yahoo! 新聞上面也有報導！所以也在店裡的客人們之間引發一陣騷動。」

也許是電波的關係，國枝說話時常停頓。或許是接受導演下達的指示，要他清楚傳達給對方明白。

康太冷靜地思考，覺得不管再怎麼說，編出鮎川舞子因使用藥物而被通緝的劇情，實在是演過頭了。

如果說，她那原本是演員的丈夫是這樣的人，舞子想擺脫這樣的現實，這種設定還比較有說服力，同時也是比較適合她的角色，但如果是她自己也使用毒品，而展開逃亡，那也太沒真實感了。

不過，想到這裡，他頓時又改變了想法……啊，原來如此，也許最後連警車都上場了，就像大手筆的動作片一樣。

若是這樣，被查出這個地點，是時間早晚的問題，而這座山莊被警車團團包圍，或許將會是最後場景。

……這樣的話，身為粉絲的我，要極力保護她才對吧？全力抵抗，不肯將她交給警方，這樣才有趣吧？

「喂，康太先生！總之，請你先回來吧。我想，警方也很快就會到了，應該會問很多問題。例如你是在哪裡跟鮎川舞子道別。」

看來，他已沒其他事要傳達，於是康太隨口應了一句「我知道了」，就此結束通話。

轉頭一看，舞子一臉歉疚地站在一旁。

「警察好像在通緝妳……聽說對妳發布了通緝令。」

康太清楚地說出這番話，好讓麥克風能夠收音。

「咦？」

舞子就像真不知道似的，一臉驚訝。

「好像已經登上網路新聞版面了。」

聽康太這麼說，舞子急忙用手機確認。這種事當然不會出現在新聞上，不過舞子假裝看了幾篇報導，一陣踉蹌，當場坐倒在地。

康太馬上伸手扶她手臂，舞子的手肘差點就擺向火爐的蓋子上。

綜藝節目裡的女星會演得這麼賣力嗎？血色甚至從舞子臉上抽離。

「不、不過，我知道這一定是哪裡誤會了，因為舞子小姐不可能會做這種事！」

康太忍不住出言鼓勵臉色發白的舞子。

他當然是當自己在演戲，但因為舞子的演技過於逼真，康太也跟著認真起來，因氣憤而聲音發顫。彷彿自己逐漸被吸進這個虛構的情節中，甚至覺得有點可怕。

「我……」

舞子想站起身，但腳下又是一陣虛浮。

康太再度伸手扶她，讓她緩緩坐向椅子。

「怎麼辦……我該怎麼做才好……」

舞子有點過度換氣，那逼真的演技也令康太感到折服，他幾乎就快沉溺於這個虛構的情節中了。

握手機的那隻手在震動。打從一開始就知道會這樣，但一聽到「通組令」三個字，還是會無法好好呼吸。不知為何，在那間飯店房間裡第一次學真咲吸白粉的畫面，始終在腦中揮之不去。

當時舞子確實想過……如果我這麼做的話，總有一天會被捕。

她也清楚地想像過，被捕之後，對自己的資歷將會有什麼影響。但她還是沾惹了。就只有今天吸一下。是因為抱持這樣的想法，還是自認行事小心謹慎，不可能會被逮，或者是覺得就算被捕也無所謂？

原本打算，一旦苗頭不對，就戒掉白粉。只要一察覺有危險，說戒就戒。不過，她對危險值的設定越來越寬鬆。

原本心想，如果真咲連兩天吸毒，我就不再吸了；如果真咲的工作出現空檔，我就戒了它；如果我自己開口說要吸，就戒了它；如果真咲和來路不明的藥頭往來，我就戒了它。

明明老早就想過，明明已決定好退場時機，但猛然回神，人已來到這個地方。

舞子喝了一口已轉涼的咖啡，原本處在慌亂狀態下的腦袋，略微平靜下來。

抬頭一看，旅館的那名男子就站在她面前……啊，對哦，這個人也在這裡，頓時覺得很失禮。當然了，這麼受他照顧，舞子心裡很感謝，但坦白說，現在她實在沒多餘的心思去顧及這位與社會脫節的男子。

「啊，來了……」

站在窗邊的男子，這時突然低語道。

舞子視線望向他，男子很冷靜地說：「是警察，來了一輛警車。」

舞子按住自己發抖的雙腳，就算按住，也止不住顫抖。

……就算逃也沒用……就算逃也沒用。

舞子心知肚明。不過，要是不逃的話，又不知道該如何是好。就算知道該怎麼做，也不覺得自己有勇氣這麼做。

……既然這樣，就只有逃了。只要逃走，一定有人會幫她。

「我去。」

她一時不懂男子說這話是什麼意思。

「咦？」

舞子不由自主地問道，男子對她說：「沒人可以靠近這裡。舞子小姐，我一定會好好保護妳的。」

「可是……」

舞子近乎反射性說出的這句話，就像在男子的背後推著他向前。

「……請、請等一下。」

男子頭也不回地走出山莊。

舞子就像因關門聲而回過神來似的，就此站起身。既然警察來了，只能我自己出去投案。我得出面解決……

不過，光是這樣想，雙腳便又開始發抖，她害怕在眾多閃光燈前暴露自己跌落谷底的模樣。

強烈的閃光燈會讓難以掩飾的皺紋和斑點無所遁形，自己現在掩蓋不了的身價，也同樣無所遁形。

舞子靠向窗邊，以窗簾遮住自己的臉，往外窺望。

不知為何，出現在她眼前的，是男子握著粗大的木柴往前走去的背影。前方停著一輛警車，兩名員警站在車外。一人正在講無線電，另一人不知為何，一再重新將警帽戴正。

「啊，您是屋主嗎？是宮藤康太先生對吧？」

發現有人走近，主動出聲詢問的，是那位一再重新將警帽戴正的警察。警察的聲音像回音般在這一帶響起，也清楚地傳向舞子耳中。

「有什麼事！」

這時，走出山莊的男子，就像要將警察友善的聲音蓋過似的，大聲喊道，就連舞子看到眼前的景象，也覺得自己彷彿來到了一個不同的世界，所以這名警察當然更是納悶不解。

「請問，您是宮藤先生對吧？大空高原的老闆嗎？剛才我從旅館的工作人員口中得知這個場所，因而上來查看，正好看見老闆您的廂型車就停在那裡。」

警察的態度一直都非常友善，但男子卻突然對警察咆哮道：「快回去！」

這時，警察們的表情也變了。

舞子不懂，剛才在她面前一直顯得個性敦厚的男子，為什麼唯獨對警察這麼粗魯。

男子開始朝警察逼近，並咆哮道：「這裡是我的私人土地，不准你們進來！」

「不不不，老闆，請您先冷靜一下。我們只是來問你幾句話。」

「我跟你們沒什麼好說的！」

「不不不，有人跟我們通報，說藝人鮎川舞子小姐人在這裡。您也知道這件事吧？」

「我不知道！不知道！」

「喂喂喂，老闆，請你冷靜一點好嗎……而且你手上還拿著危險物品。」

警方想從男子手中奪走木柴。

「住手！舞子小姐她什麼也沒做！她什麼也沒做！」

男子越是粗暴，警察越是認真看待。

舞子只能一臉錯愕地望著眼前的情勢發展。

她不懂男子為何這般激動，為何這般拚命想要保護她。

當她想到這點時，剛才男子在這裡說的話，突然鮮明地在耳畔響起。

剛才聽到的時候，就只是左耳進右耳出的一句話，不知為何，此刻才清楚地重回舞子耳畔。

「因為我是妳的粉絲。從以前就是了……打從妳在漫畫雜誌的彩頁第一次亮相起，我就是妳的粉絲了，妳的第一本寫真集我也買了，全部CD我都有……該怎麼說呢，雖然我的人生平凡無奇，但在每個重要時刻，不論是歡喜還是悲傷，我一直都是妳的粉絲。」

舞子自己也不知道是怎麼了。她不明白這突然奪眶而出的，是怎樣的眼淚，就只是有股暖意，逐漸盈滿她心頭。待它盈滿後，舞子這才發現——啊，原來我的心一直都很冰冷。

抬頭一看，男子正被兩名警察追著跑，在原野上東奔西跑。他在陡坡上忽上忽下，忽左忽右地跑，兩名警察一路緊追。

男子很賣力地逃竄。儘管跑得雙腳打結，翻倒在地，卻又馬上站起，儘管模樣難看地滾落斜坡，卻也還是馬上重新站起，繼續往前跑。

「我一直都是妳的粉絲。」

舞子的耳畔再度響起男子的聲音。

逃吧，郵差先生

從商店街的喇叭傳出的流行歌曲，逐漸被吸進橘色路燈照耀下的雪道。那股吸力與Dyson的吸塵器相當，序曲和高潮彷彿都沒傳進這裡，就此消失不見。

不是喇叭不好，也不是歌曲太差，而是雪具有壓倒性的力量。三好幸大心裡這麼想。

他穿著一件衣領處帶有汗垢的羽絨衣，雙手插在口袋裡，踩著熟悉的步伐，走在網走市一條名叫「流冰天使通」的酒吧街上，因下雪而結凍的馬路上沒有車輛通行，等距矗立的電線杆底下，仍堆著昨天的積雪。

雪會因場所不同，而顯現不同的顏色。在連鎖居酒屋的招牌前呈紅色，在湯咖哩店的霓虹燈下呈藍色，在裡頭有小酒館和酒吧的住商混合大樓前，則是各種顏色混雜，不知該說是像紫色，像朝霞，還是像晚霞，總之是一種難以形容的顏色，所以流冰天使通的雪都不是原本的雪白。

幸大仰望全新的四層樓大樓，抖落沾在鞋底的雪，坐上電梯。他望向那熟悉的香水味仍殘留未散的地方，老闆惠理香似乎也剛到店裡上班。

他在四樓走出電梯，一打開眼前的門，門果然沒鎖，在昏暗的店內，惠理香正在查看冰箱裡的東西，她的背影就像戶外的雪道般顯眼。

「好歹開個燈吧。」

幸大打開開關後，天花板的日光燈從他面前依序點亮，銀色的吧台、紅色的椅凳、小小的鋼管舞舞台，全部就此現身。

營業時，只會開間接照明和舞台用燈光，所以像此刻這樣望著在日光燈下完全顯現的店面和舞台，感覺就像在看一位素顏的女人。

「我說，你跟丸美屋訂好了嗎？」

轉過頭來的惠理香正好素顏，幸大暗自苦笑。

「啊，抱歉，還沒，待會兒就訂……香檳要怎麼訂？」

「對哦。香檳是吧……怎麼辦好呢。其實這次我去北見時，原本想在價格便宜的店面買酒。今天在小秀他們的派對上會用到對吧。」

正在為此苦惱時，丸美屋打電話來，幸大擅自訂了和平時一樣的酒類以及三瓶香檳。

掛上電話後，惠理香也沒特別對他說些什麼。

「……也要記得先跟南月和伊舞聯絡一聲哦。啊，還有，她們兩人的衣服好像還在洗衣店裡。應該說，洗衣店的花費，都是託你負責記帳對吧？還有，添田先生的款項收得怎樣了？」

「喂喂喂。我是無所謂啦，但妳會不會太依賴我了？」

幸大忍不住抬起雙手，做出投降的姿勢。營業前的這段時間，惠理香總會顯得很急躁，但幸大只是在店裡打工，做這麼多工作實在不划算。

「因為我只是個時薪九百日圓的打工族，這樣未免也太操了吧。」

這麼說當然是半開玩笑，所以惠理香也沒當一回事，她接著又談到另一件事，發起牢騷來。「舞台的擦拭打掃，既然要交給誠去做，那就要好好教他打掃的方法。要是像昨天那樣馬虎，女孩們真的會受傷的。」

幸大與惠理香高中時代曾交往過。畢業後，幸大搭當地的沙丁魚船出海捕魚，惠理香則是到東京的時尚專業學校就讀，不過，後來兼職從事陪酒的工作，似乎很適合她，才一轉眼的工夫，她已成為六本木的表演

PUB裡小有名氣的鋼管舞者。原本她就練過體操，有深厚的底子，不過她似乎也相當投入，她自己也說，她人生中從來沒這麼努力過，當時有不少鋼管舞教室都來向她挖角，問她要不要當專屬講師。

不過，她從沒想過要當講師，而且她一直希望日後有天能回到北海道，所以她在六本木那家店待滿五年，順利離職後，便用她在這段時間努力攢下的積蓄，在故鄉網走的流冰天使通開了一家「Sexy Club Anemone」[6]。

幸好，一切如昔的網走酒吧街，接納了「Anemone」的珍奇和新穎，當地的客人就不用說了，來自北見一帶的常客也日漸增多，當初站上舞台表演的只有惠理香一人，而現在專屬舞者越來越多，如今還在同一棟大樓的樓下開設第二家店「Anemone2」，有五名舞者登台表演，兩家店每晚各有三場演出。

當然了，這是收入不定的生意，兩家店合起來，有時一晚就有三十萬日圓的收入，有時則只入帳三萬日圓，入不敷出，不過當地一些Club的資深媽媽桑都語帶羨慕地說：「以前我們店裡景氣好的時候，就像惠理香的店一樣。」所以她已算是經營得有聲有色。

另一方面，幸大現在仍搭沙丁魚船出海捕魚。當初他的夢想是想擁有自己的船，雖然現在還沒放棄夢想，但他與高中畢業後交往的夏帆結婚，一年後生下女兒沙羅，又一年後離婚，他獨力扶養沙羅，猛然回神，發現自己已不再想過那個昔日的夢想。離婚後，夏帆前往札幌，和別的男人同居。

夏天他每天都出海捕沙丁魚。清晨四點，他將沙羅託老家的母親照顧，自己則是坐上船，在漁船抵達遠方的漁場前，就躺在甲板上小睡。等結束吃力的工作，回到漁港後，他會先到幼稚園接沙羅回家，準備好兩人份的晚餐，晚上八點就寢。

家住附近的父母，只要他有事就會來照顧沙羅，但幸大希望盡可能

6. Anemone 是「歐洲銀蓮花」。

可以由他自己來養育。

每年新年一過，就會漂來流冰。當大海覆滿浮冰，漁夫就沒工作可做。以前這時候，他都是靠開除雪車之類的臨時工來度過這段淡季，但自從惠理香回到地方上後，主動問他冬天這段時間要不要到她店裡幫忙，從那之後，這些年他都在「Anemone」打工。

一開始打工的那年冬天，店裡工作結束後，他曾若無其事地挑逗惠理香。兩人的關係雖然不算是藕斷絲連，但幸大也曾誤以為兩人之間有這麼一層關係在。工作結束後，他邀惠理香去酒吧，在吧台底下握住她的手。

「啊，這種關係我不需要哦。有肉體關係的男女，不管再怎麼掩飾，都還是會散發出那樣的氣氛來。這樣的話，我店裡的客人就不會再來光顧了。」

毫不掩飾的口吻。不過，這也清楚地傳來惠理香的覺悟，既然這樣，那我也盡可能幫她吧，幸大就此切換好自己的心情。

上班遲到的誠他們打掃結束後，幾名女舞者也來到店裡，在狹小的後台休息室準備。南月是福岡人，伊舞是青森人，兩人說起正統日語都帶有奇怪的腔調，但她們倆似乎個性很合得來，感情特別好。

至於誠他們這些年輕男子，是幸大找來的後輩，夏天也都會搭沙丁魚船出海。

當舞者們表演鋼管舞時，幸大他們會扮女裝，或是套上布偶裝，站上舞台，為客人炒熱氣氛。鼓吹客人將打賞票塞進女生們的乳溝裡或是衣服的縫隙裡，這是他們最主要的工作，幸大他們越會搞笑幹傻事，客人們似乎就越豪氣，總會慷慨地買下更多打賞票。

「那麼，各位，今天也要請你們多多幫忙了。表演後半段，我會到樓下的店去。要是有什麼事，請跟幸大確認，別自己擅自決定。另外，小秀他們的派對，一個人四千五百日圓。除了小菜以外，其他採自費哦。」

合計七人參加的朝會結束，惠理香播放起舞曲。整個店面轉為粉色的柔光照明，南月穿著暴露的服裝，打著赤腳，直接爬上吧台做起柔軟操。

惠理香的手機鳴響的同時，店門開啟。走進店內的是一位在市內開巴士的常客，惠理香馬上招呼道：「歡迎光臨，今天你輪早班嗎？」恭迎他入內，勾著他的手，帶他坐向吧台。

幸大也一邊從酒櫃上取出客人的寄酒，招呼道：「義弘先生，今天加水喝對吧？」

惠理香坐向義弘身邊後，因為是常客，多了一份輕鬆感，她先確認手機訊息，平時她都不會在上班時接電話，但今天卻難得講起了電話。

「幸大，你也喝一杯吧。」

「謝謝，那我就不客氣了。」

幸大順從義弘的好意，拿出一個小酒杯斟好自己的一杯酒。

「咦！等、等一下！」

以手機和人通話的惠理香突然大聲喊道，神情慌張地詢問：「幸大，你的手機在哪兒？」

「我的？為什麼這樣問？」

他放在口袋裡，但當然是已調成震動模式。他正準備取出時，惠理香焦急地說：「她說一直撥打你的手機，但都打不通，所以才打給我。」但最重要的主詞是誰一概沒提，所以傳達不出急迫性。

「什麼？」幸大有點傻眼。

「不，我要說的是，這是夏帆打來的……」

兩人雖然認識，但前妻夏帆竟然打惠理香手機，這令幸大的血色從臉上抽離。腦中率先想到的是沙羅，但惠理香馬上補上一句：「……春也不見了。」進而提到夏帆她弟弟的名字。

「春也？」

幸大吁了口氣，不過夏帆特地撥打惠理香的手機，想必情況很嚴重。

「借用一下。」接過惠理香的手機後，馬上傳來夏帆歇斯底里的聲音。

「喂，我一直打電話給你，但你都沒接，所以我才改打惠理香的手機。」

「沒關係，怎麼了？」

「春也人不見了，他沒跟你聯絡嗎？」
「沒有，什麼時候的事？」
「從今天中午開始聯絡不上他。」
「啥？中午？」
「不是。今天是春也的上班日，他上班到一半，突然失蹤了。」
「他不是郵差嗎？」
「他開著貨車，就此失去下落。」
「妳說貨車，是郵局送信的貨車吧？這樣會惹出很大的風波呢。」
「所以現在事情已經鬧很大了！」
「春也有和妳聯絡嗎？」
「我不是說了嗎……」
看來這場對話會沒完沒了，這時，三名像是觀光客的客人走進店內。幸大朝惠理香使了個眼色，就此從後門走向逃生梯，拂去積在扶手上的白雪，就像在找尋春也不可能會從這裡駛過的送信貨車般，俯視著流冰天使通。

被霓虹燈染上五顏六色的雪道上，沒有車輛通行，一群沉默的觀光客，就像因寒冷而緊挨著彼此般，逐漸走遠。

聽夏帆說，春也上班的那家貨運公司，四點前曾聯絡上他。春也任職的塚本貨運，是日本郵政底下的承包公司，雇用了七、八名像春也這樣的兼職司機。

以前聽春也說，那是一家黑心公司，春也還是新人的時候，將車子停進車庫時，貨車似乎撞到了牆壁，他的薪水扣除稅金後，純收入是十四萬日圓，而公司向他索取貨車和牆壁的修理費共二十萬日圓。

「我一個月的薪水就這麼泡湯了。真的很生氣，所以原本想辭職，但後來想想，好不容易找到這份工作，而且我現在辭職的話，不僅這一個月做白工，還得多付六萬日圓，所以就不想像個傻瓜一樣自己請辭。」

當時春也笑著這樣說道，記得幸大當時安慰他：「你的心情我懂，不過，要是兼職人員每次貨車撞傷，雇主就得自掏腰包修理，那也很辛苦。如果是下游承包商，又更是被層層剝削。」

幸大知道春也上班的那家貨運公司的社長夫婦。貨車一字排開的貨運中心，占地廣闊又氣派，但他們的老家就位在沙羅就讀的小學附近，說那是社長的宅邸，實在過於寒磣，而擔任執行董事的社長夫人所開的轎車，可能已開了幾十年，看了教人擔心，覺得也該換輛新車了。

從夏帆口中聽聞春也失蹤的經過，不知為何，幸大不光擔心失蹤的春也，也很擔心那對社長夫婦，不知道他們現在有多慌張。

雖說是下游承包商，但他們經手的是全日本的郵件。聽春也說，只要車身貼有郵局的商標，不管再怎麼尿急，開貨車也絕不能超速，而突然硬切車道、猛打方向盤，當然是禁止的行為，相反的，見有人硬切車道、猛打方向盤，就此生氣按喇叭，也同樣是禁止的行為。

春也以品行端正，堪稱是正直範本的態度駕著貨車，就此從冬天的網走街上消失無蹤。

此事當然已通報警察，似乎已從事故和案件兩方面展開搜查，但春也平時行駛的路線，目前沒傳來事故或案件的通報，相反的，在偏離他行駛路線的一家超商，有人目擊疑似拋下送貨工作的春也到店裡買肉包和罐裝咖啡。

總之，這似乎不是事故或案件，幸大以此為由，讓越說越激動的夏帆冷靜下來，暫時掛上電話。夏帆說，如果今晚沒找到人的話，她明天早上會從札幌趕回來。

幸大正準備回店內時，突然感到擔心起來，打電話給人在家中的沙羅。

「沙羅嗎？春也舅舅沒到家裡來吧？」他開門見山地問道。沙羅詫異地反問：「為什麼這樣問？」

「嗯，有點事。」

「什麼事？為什麼這樣問？」

也許是接連聽沙羅這樣詢問的緣故，感覺她的說話口吻越來越像夏帆。

「沒什麼，妳春也舅舅好像失蹤了。」

「為什麼？」

「嗯，目前還不太清楚。他沒傳ＬＩＮＥ給妳吧？」
「沒有。為什麼？他去哪兒了？」
「不知道……沙羅，爸爸得回去工作了。妳吃飯了嗎？冰箱裡有煮好的南瓜，記得微波哦。」
「我前天見過春也舅舅哦。」
正準備掛上電話時，傳來沙羅的聲音說道。
「在哪裡？」幸大問。
「他說他贏了，叫我去『Paradise』一趟。所以我就去了，他用贈品換了一台吹風機給我。爸，我也跟你說過，我得到一台吹風機。」
洗手間裡確實有一台粉紅色的吹風機，他馬上想起沙羅曾告訴他這件事。
「咦，前天是嗎？……你們在Paradise見面時，春也舅舅可有說些什麼？」
「說些什麼？」

經沙羅這樣反問，幸大頓時也改變想法。說得也是，就算春也有煩惱，也不會把念小學的外甥女叫去柏青哥店和她商量。

打從沙羅出生起，春也便很疼愛她。他似乎原本就喜歡孩子，不過，看孩子對他說「你做這個、你做那個」，他都耐性十足地陪孩子玩的模樣，便覺得他似乎不是在陪孩子玩，而是自己也玩得樂在其中。

事實上，和他一起玩的沙羅似乎也很快樂，她幼稚園時，被問到最喜歡的人是誰，結果她選的人不是爸爸，也不是媽媽，而是春也。

父母離婚對沙羅帶來的衝擊之所以能減至最低，最主要是受春也影響。夏帆離家出走後，春也幾乎每晚都會到家裡陪伴沙羅，直到她入睡為止。

最近沙羅已能自己一個人看家，不過，幸大當初開始在「Anemone」工作時，都是請自己母親和春也輪流在家幫忙照顧孩子，直到深夜他結束店裡的工作為止。

晚上八點過後，惠理香改變店內的照明，展開第一場舞台表演。很不巧，來客數不多，吧台坐了三名單獨的客人，包廂裡坐了四名觀光客，而這四名觀光客都是來自埼玉的女性，聽說是公司同事，都對鋼管舞很感興趣。幸大心想，如果能先將這群人的氣氛炒熱，表演就會比較像樣，於是他吩咐事先換上女裝的誠到她們的桌位去。

店內的照明調暗，音樂的音量提高。

雖然店內不甚寬敞，但唯獨這個瞬間，這裡感覺像雪原一樣遼闊。

在恢復照明的下個瞬間，南月與伊舞現身，身體緊纏著舞台上那根閃閃生輝的鋼管。最近伊舞每當工作結束，必吃超商的漢堡排便當，因而略顯小腹鬆弛，不過她纏繞鋼管的手腳修長，還是比直筒身材的南月有看頭。

幸大等工作人員吹指哨、拍鈴鼓，為跳舞的兩人炒熱氣氛。

或許有人會看不起這種小地方，認為位在北海道這種邊陲之地的一家表演酒吧，能有什麼像樣的表演，但惠理香熱心指導的南月和伊舞等多名舞者，她們的表演無比認真，觀眾們對表演回以熱情的鼓掌，這同時也是對她們練習時在手腳上形成的瘀青以及手掌上的厚繭致上一份敬意。

第一首曲子表演結束後，在廚房和冷冰冰的逃生梯換裝的幸大等人，會像脫衣舞秀中間串場的搞笑短劇演員一般，走進觀眾席中。

當扮成誇張女裝的誠等人走向觀眾席時，女客們果然個個尖叫連連，店內頓時熱鬧滾滾。

穿著腰部伸出天鵝頭的衣服，下半身套上白色緊身褲的幸大，也隨後走進，從舞台上牽著南月的手走向吧台上，像平時一樣晃著腰部，甩動天鵝頭，要客人買打賞票。

第一次來的客人或觀光客不太會掏錢買，但是像義弘這樣的常客，則是買下約一千日圓的打賞票，將那玩具紙鈔塞進在吧台上跳舞的南月乳溝裡，坐在吧台兩旁的客人看了，可能是因為有醉意壯膽，也紛紛喊道「我也要」、「我也要」。

另一方面，包廂那邊似乎也氣氛火熱，誠他們一口氣喝下客人請的酒，正在歡騰喧鬧。

這時店門開啟，整批來的客人正往內窺望。似乎是到同一樓層的酒吧光顧，正準備離去的客人，聽到店內熱鬧的聲音，就此感到好奇。

惠理香馬上展開行動，一邊簡單地說明收費方式，一邊邀男子們入內，告訴他們下一場表演很快就開始了。男子們看到在吧台上跳舞的南月以及舞台上的伊舞，似乎也很感興趣，接著陸續走進一共七人的團體客，當真謝天謝地。

之後十點和十一點的表演也熱鬧非凡，客人離去後，表演中使用的紙片、氣球，以及客人撒出的下酒點心，散落一地。

誠他們似乎也被灌了不少酒，癱坐在沙發上。惠理香雖然看了皺眉，但還是說明天再掃就行了，叫誠他們送南月和伊舞回家。

幸大取出手機，確認他一直很在意的事。也不知道該說是幸還是不幸，這幾個小時裡，似乎沒有任何和春也有關的動靜，也沒人傳ＬＩＮＥ或郵件來。

唯一傳來的一則ＬＩＮＥ的訊息，是沙羅傳的，就只是和平時一樣，在固定的時間傳送「晚安」。

「幸大，我先回去了。」

就連惠理香也累了，她披上羽絨衣，從店裡走出。

「既然可以明天再打掃，那我也要回去，和妳一起搭計程車吧。」

幸大也迅速收拾妥當，關掉店裡的燈。

現在已過了深夜一點，冷清的流冰天使通又開始飄雪。他們在流冰天使通的入口處搭上計程車。車子輾過新雪向前駛出，頭燈照耀的前方是無限綿延的藍白色雪道。

「啊，我好像喝太多了。」

惠理香呼出濃濃的酒氣。

「不用順道去一趟超商嗎？」

交通號誌亮起紅燈，幸大問道。

「……春也到底是去哪兒了呢？」

惠理香的視線前方，有一間超商。沒停半輛車的停車場，顯得一片雪白，只見雪花漫天飛舞。

「他明天就會回來的。」幸大低語道。

惠理香小小聲地應了聲「嗯」，接著喚道：「司機先生，不好意思，我還是繞一下那間超商吧。我要買明天早餐。」

天明後，夏帆從札幌趕回來。抵達公共汽車總站後，她打電話來說：「我等一下過去方便嗎？」於是幸大問沙羅：「媽媽等一下會來，可以嗎？」沙羅回答：「是為了春也舅舅的事來的對吧？」雖然不歡迎，但還是同意。

事實上，來到家中的夏帆也明白女兒與她疏遠，所以只說了幾句「妳又長大了呢」、「有用功念書嗎」，大致寒暄過後，便馬上和幸大談起正事。

她說，接下來會和她父母一起去警局，以及春也工作的塚本貨運公司。到警局是要詢問目前的狀況，但塚本貨運似乎不光只是覺得困擾，而是對此相當生氣，也許沒辦法冷靜下來好好談。

事實上，以塚本貨運的立場來看，他們肯定會因這次的事件而與日本郵政的關係下滑，光是運送延遲就已經是個大問題了，萬一保管的郵件出了什麼狀況，今後的業務合約有可能就此作廢。

「我跟你們去好了。」幸大說。

夏帆似乎很仰仗他的幫忙，毫不顧慮地回了一句：「你方便嗎？」

幸大向沙羅說明情況後，開車前往夏帆的娘家，她緊張不已的父母早已在玄關等候。母親是夏帆的生母，但父親則是夏帆和春也成年後，母親的再婚對象，個性還算老實，聽夏帆說：「我媽喝醉後，他都會靜靜聽我媽說話，是她的酒伴。」

「啊，幸大，你也來啦？」

夏帆的母親站起身，似乎鬆了口氣。

「春也都沒跟妳聯絡嗎？」

雖然認為春也既然都沒跟他和夏帆聯絡，應該也不會跟他母親聯絡，但幸大還是這樣問道。

「沒有。兩個禮拜前，他突然回到家裡，說有人送他螃蟹，特地帶回來給我。從那之後就沒再聯絡了。」

馬上準備出門的母親，像是突然想到似的，向正準備穿上長靴的父親說道：「既然幸大要送我們去，你就待家裡吧。因為春也或許會打電話來。」

而父親倒也就此鬆了口氣，馬上回了一句「說得也是」，將好不容易穿上的長靴脫下。

幸大載著夏帆和母親，先前往警局。本以為一到了警局，就會被警察團團包圍，但他們先在櫃台說明來意，等了半晌後，警方才叫他們去別的窗口，而在那處窗口又等了好一陣子後，一名自稱是負責這個案子的刑警才出現。

刑警先向他們說明現狀，告知目前還沒掌握任何線索，這位刑警似乎已從夏帆和她母親那裡獲得相當程度的了解，他向幸大詢問：「你是否知道些什麼？」

幸大說出沙羅三天前曾在柏青哥店見過春也的事，但最後他也只能補上一句：「當時春也好像沒什麼異狀。」

有點年紀的刑警似乎不是當地人，言談間不時會夾雜北海道東部以外的方言，不過，他那磊落大方的氣質，令感到緊張的幸大他們覺得安心不少。

「我們也會盡可能尋人。不過很不巧，今晚開始颳起風雪。也許他將貨車停在某個地方，現在改搭電車行動，但最重要的貨車一直都沒發現。」

離開警局後，改前往塚本貨運公司。雖然有位員工下落不明，但每天的郵件可不會等人，配送中心裡的貨車忙碌地進進出出。

社長似乎不在，出面接待的是兼任執行董事的社長夫人，她只有一開始提到「我們也希望他能平安無事」，但說著說著，似乎難掩心中真正的想法，最後甚至談到萬一因為這次的事，而和日本郵政解約時的賠償。

此事確實非同小可。站在日本郵政的立場，如果沒對塚本貨運懲處，反而會招來世人的責難。

萬一最後要解約，社長一家人就不用說了，在這裡工作的員工及其家人，都將會在網走的寒冬時節流落街頭。

兩整天過去。

春也的事當然一天二十四小時都在他腦中揮之不去，但他知道自己幫不上忙，只能靜靜等候。

幸大在廚房準備午餐要吃的日式炒麵時，沙羅朝他喚道：「爸，你來一下！」

「再等我一分鐘！今天我做的也許會是日式炒麵史上的最高傑作。」

為了不讓女兒察覺他一直在想春也的事，他刻意悠哉地回答。結果沙羅改為扯開嗓門大喊：「不是啦！你快來！電視上在播報春也舅舅的事！」

「咦？」

他不由自主地端著平底鍋走出廚房。仔細一看，午間新聞打出「網走一名郵務運送員下落不明」的標題。

「這……」

很不巧，電視新聞已即將結束，幸大才剛如此低語，那棟被大雪覆蓋的網走郵局畫面就只出現一下，旋即改換成另一則新聞。

幸大與沙羅互望一眼，向她問道：「新聞說了什麼？」

「不知道。我一打開電視就出現那則新聞，然後一下就播完了。」

「春也的臉或是名字出現在電視上嗎？」

「就說我不知道啊！」

就算逼問沙羅也沒用，「抱歉、抱歉」，幸大急忙向她道歉。

兩人重新一起望向電視，但當然不可能馬上又播出春也的新聞。

聽警方和塚本貨運執行董事的說法，因為盡可能想低調地解決這件事，所以在允許的時間內，不希望對外公開，但也許日本郵政判定，再等下去就超出極限了。事實上，春也帶著一起逃走的郵件當中，只要有人前來詢問郵件的事，各地郵局的人員就會直接登門拜訪收件人，向對方謝罪，並說明目前情況。

「爸，春也舅舅真的沒問題嗎？雖然你說他不會有事，可是我一直都很擔心。」

「嗯，抱歉。等吃完飯後，爸爸會去妳外婆家和警局一趟，問問看他們有沒有新的消息。」

雖然還是個孩子，卻很關心大人們的事，這兩天來，沙羅雖然表現得很鎮定，但她最喜歡的舅舅失蹤，還是攪亂了她幼小的心靈，春也在電視新聞上還被當成罪犯般報導，沙羅心中的不安一口氣全湧現出來。

沙羅哭喪著臉，張口嚼著日式炒麵，幸大只能不斷輕撫她的頭，直到她覺得受不了，開口說了一聲「夠了」為止。

吃完午餐，沙羅開始寫作業後，幸大先打了一通電話給回到札幌的夏帆。她知道春也上電視新聞的事，語帶不安地說道：「聽說連Yahoo!新聞上面也刊登了。不過，幸好還沒提到名字……」

「可有和妳聯絡？」幸大問。

「沒有。你那邊呢？」

「也沒有。他不是有個朋友嗎，喏，就是在斜里一起搭沙丁魚船的那位？」

「你是說小源嗎？我當然聯絡過了，他的朋友我全問過了。」

情況和昨天見面時一樣，他們兩人為之無語。

「……我很不希望往那方面想，不過春也他……」

「他不會有事的。」

幸大明白夏帆想說什麼，他就像要加以否定般，中途插入這句話。

事實上，雖然這只是他個人直覺，但幸大完全想像不出春也自殺的畫面。若要比喻的話，這種感覺就像炎熱的夏日看到冰涼的西瓜，卻有人一直要你覺得它很難吃。

總之，春也還活著。

幸大就是這麼覺得。

他一面清洗餐具和平底鍋，一面發牢騷道：「這冰雪就不能早點融化嗎？」這句無意識下說出的話，連他自己也嚇了一跳。

抬頭望向窗外，可以望見總是覆蓋在冰天雪地下的街景。可能是又颳起了風雪，望著搖晃的電線，感覺自己就像置身在沙丁魚船上。

幸大搭乘的「共榮丸」，在天明前駛出網走港。船長高橋知道幸大在夏季期間一樣每週都會有幾天到「Anemone」打工賺生活費，所以對他說，在船抵達漁場前，你要幹什麼都行。所以儘管身處翻捲的長浪上，幸大一樣能躺在甲板上呼呼大睡。

抵達漁場時已經天明。在淡淡桃紅色的朝霞中，漁船組成的船隊聚在一起，等候船老大下達撒網指令。

在這片遼闊的大海捕獲沙丁魚的，並非只有幸大他們。成群的海鷗也鎖定從魚網中滿出的新鮮沙丁魚，在船隊的頭頂上穿梭。

無數的海鷗叫聲、隨浪起伏的船上，網籃和起重機發出的嘎吱聲、重重打向耳畔的鄂霍次克海寒風、船老大下令撤網的聲音在無線對講機中響起，會自然而然地讓幸大他們的漁夫熱血為之沸騰。

在搖晃的船頭處昂然而立的幸大，大聲喊道：「要和往西邊轉向的船隻保持間隔。」船身因大浪而劇烈起伏，幸大眼前的大海與天空，交互地朝他進逼而來。

兩艘船在近距離下劃出圓弧，一同展開行動，一旦下達起網的指示，拉起的大網中就會一次出現重達五十噸，閃閃生輝的沙丁魚。

漂亮的日本鯷魚，就像大地崩塌般，極力掙扎。巨大的網籃投進大網中，就像海賊用他粗魯的雙手撈起金幣般，大量的沙丁魚被運往男子們的頭頂。

只要在隨後靠過來的搬運船上打開那沉甸甸鼓起的網籃，成群的沙丁魚就會活蹦亂跳地朝晨光拍打尾鰭，落向結冰的魚槽裡，以及在底下等候的男人們腳下。

其中一隻在甲板上奮力一跳，很幸運地跳出船外，噗通一聲掉進遼闊的鄂霍次克海。

幸大笑著替牠加油。「逃吧、逃吧……你自由了。看是要去庫頁島，還是阿拉斯加都行，儘管逃吧。」

「爸，有人傳LINE給你。」

沙羅的聲音令他回過神來。不知不覺間，他手中洗碗用的海綿已沒了泡泡。

「嗯？」

他將頭轉了過去，這時沙羅又重複說了一遍：「我說，有人傳LINE給你。」

幸大擦乾濡溼的手，回到客廳拿起手機。沙羅可能是感到心神不寧吧，一直靜靜望著他的手。他頓時想到，如果是今年初秋認識的那位北見的酒店小姐傳來的訊息，那該怎麼辦，但偏偏又不能現在才叫女兒不准看。

「啊。」

搶先發出驚呼的人是沙羅，因為是春也傳來的訊息。

上面寫著：「你很擔心吧？抱歉。」

幸大想馬上回覆，但他等不及慢慢打字，改為直接打電話給春也。

第一次來電答鈴聲響了一陣子後，轉為語音信箱，但第二次便接起了電話。

「喂！」

幸大就像要張口咬人似的，大聲喚道。

等了一陣子都沒回應，於是他自顧自地說道：「喂，你現在人在哪裡？沒事吧？沒事對吧？」

沙羅也像再也按捺不住似的，在一旁喊道：「春也舅舅，是我，沙羅！」

「抱歉。」

就在這時，傳來春也道歉的聲音，不知為何，似乎帶點怒意。

雖然覺得不會有不幸的事發生，但能親耳聽到春也的聲音，這份安心慼，還是令幸大不由自主地跪向地面。

沙羅還沒聽到春也的聲音，所以在一旁嚷著：「他說了什麼？說了什麼？」

「沙羅，妳先等一下，爸爸有話要先跟春也舅舅說。」

幸大先安撫沙羅冷靜，接著走向窗邊，想讓自己也冷靜下來。果然已颳起風雪，馬路對面的公寓看起來一片朦朧。

「春也，你不用擔心。你現在人在哪兒？」幸大以冷靜的聲音詢問。

「抱歉。」春也的聲音聽起來還是帶有怒意。

「貨車還在吧？」

「在。」

「你人在哪裡？你駕著那麼醒目的一輛貨車，接連兩天都躲哪兒去了？」

一開口說出這句話，幸大腦中突然浮現一處場所。

「難道你……」

浮現他腦中的，是完全被流冰覆蓋的宇登呂港景致。

宇登呂是從網走搭車沿著鄂霍次克海沿線往東走，約一個半小時可抵達的港町，再過去是知床的國立公園，由於冬天時交通中斷，所以就這層意涵來說，堪稱是道東（北海道東部地區）的最北端。

宇登呂是個比網走更小的港町，成為世界遺產的知床觀光景點就在這兒，當地的大型飯店也越來越多，不過，人口僅一千兩百人左右，每到冬天，整座港口便完全封閉在冰天雪地中。

順帶一提，宇登呂這個字的語源來自愛奴語，意思似乎是「我們從中通過的場所」。

當初得知這樣的語源時，不知為何，幸大就很喜歡宇登呂町。當然了，這並不是說他以前討厭，不過，在聽聞這個語源的瞬間，他感受到一股解放感，彷彿有個東西倏然從他體內穿過。

當初幸大認識夏帆，拿著剛考到的駕照出外開車兜風時，就曾潛入宇登呂港的這座漁港倉庫。他是借夏帆母親的車子開，所以當時也邀還是國中生的春也一起同行。

當時還是大雪籠罩的時節，可能是第一次開車大為興奮，三人在吃完水煮螃蟹後，儘管太陽已下山，還是不想回網走。

冬天的宇登呂港，海面結了一層冰，不見半個人影。卸完貨的漁船上也積了厚厚一層雪，漁業工會和倉庫都悄靜無聲。

他們走在一處分不清是碼頭還是海面的景致上，前端有一座漁夫小屋，當然是大門深鎖，不過鑰匙就放在一旁的小箱子裡。

他們以調皮的心態打開門一看，裡頭是一處鋪榻榻米的小集會所，暖器設備一應俱全。如今回想，當真是年少輕狂，不過那天晚上，幸大他們就在那裡過了一夜。

幸大行駛在前往宇登呂的國道三三四號線上，深深覺得這是很不可思議的光景。已除過雪的國道與結凍的鄂霍次克海連成一線，銀白大地一路往水平線綿延而去。

網走市內颳著風雪，但幸好過了斜里後，可以望見太陽從雲縫間露臉。

「真的不用上廁所嗎？」

沙羅坐在前座喝著水壺裡的茶，幸大向她問道。

春也在電話中透露他的所在地。果然是在宇登呂港。幸大說，我這就過去接你，春也又說了一聲「抱歉」。

這當中想必有什麼隱情，原本照理應該要先通報塚本貨運或警方才對，但幸大想先聽春也怎麼說，這才沒跟夏帆聯絡，就此出門前往。

這時，沙羅堅持說她也要一起前往。如果是有歹徒在的案件或事故現場，那就另當別論，不過，這件事雖然在電視新聞引發風波，但在那裡等著他們的，是春也。幸大就此接受沙羅的請求。

「爸，春也舅舅會被警察逮捕嗎？」

沙羅望著筆直的雪道如此詢問，幸大知道瞞不過她，只好告訴她：

「嗯，他會被逮捕。」

「會被關進監獄嗎？」

「這個嘛……」

「之前會先審判吧？到時候才會決定對吧？」

「妳可真清楚。」

「因為我調查過。」

「是嗎，原來妳調查過啊。」

「我要當證人。」

「咦？」

「我說，我要出庭作證，證明春也舅舅不是壞人。」

一臉認真的沙羅，似乎已當自己站上證人席，頻頻撥弄她的劉海，那是她緊張時的習慣。

抵達宇登呂港後一看，果然冷冷清清。說到眼前的景致中會動的東西，就只有漁業工會的屋頂積雪咚的一聲落向地面，除此之外，淨是分不清是碼頭還是大海的一整片銀白世界。

現在才下午三點多，但天空已開始微帶暮色。

幸大牽著沙羅的手。來到位於海港外圍的漁夫小屋後，眼前只看得到完全結冰的鄂霍次克海，遠方的地平線上，白色的冰雪與白雲交雜在一起。

在停車的碼頭那一帶，地面還留有幾個足印，但走到這裡之後，就只有一路向前綿延的平坦雪地。

漁夫小屋後面停著一輛覆滿白雪的貨車。沒特別遮掩，可清楚看見郵局的標誌。

一看到貨車，沙羅便甩開幸大的手向前奔去。她小小的長靴腳跟揚起的積雪，就像撒出星星般，劃出一道圓弧。

「春也舅舅！」

在奔向漁夫小屋的沙羅這聲叫喚下，門馬上開啟。也許春也一直望著幸大他們從海港走來。

「你真是的！」

一看到開門的春也，沙羅再也按捺不住，大聲喊道。她直接抱住春也的腰部，全身發顫地抽噎起來。

她哭泣的模樣非比尋常，肯定之前一直在逞強，其實心裡極度不安。春也輕撫沙羅的頭，向幸大投以歉疚的表情。下巴滿是鬍碴。

幸大擺出要當場揍人的模樣，而春也也誇張地配合做出挨揍的模樣。

一來因為放心，二來也因為哭累了，沙羅直接在漁夫小屋裡的榻榻米上睡著。燒著爐火的室內很暖和，太陽下山後，氣溫降至冰點以下的室外空氣沒進到屋內。

屋內角落有好幾個集中裝了垃圾的超商購物袋，寶特瓶和其他垃圾很仔細地做了分類。

「吃的東西，你都怎麼解決？」幸大問。

「在國道沿線的7-ELEVEN買。」春也神色自若地回答。

幸大朝熟睡的沙羅蓋上毛毯，接著望向春也說了一句：「然後呢？」

春也也馬上明白他的意思，開口道：「嗯，抱歉。」

「用不著跟我道歉，到底是怎麼回事？」

「……嗯，我在送貨時，遭人挑釁。」

「挑釁？誰啊？」

「不認識，好像是某個大叔。」

「在哪兒發生？」

「我從送貨中心離開的途中，不是有條很長的馬路禁止超車嗎？當時有輛大台的黑色廂型車一再向我挑釁，幾乎都快撞到我了，後來一來到縣道，他便馬上超越我，向我逼車……我也明白，在那種直路上，要是有輛貨車慢吞吞地開在前面，確實是會火大。但這也是沒辦法的事啊。我們公司的貨車是設定好的，不管再怎麼踩油門，在一般道路上最快也只能跑時速六十公里。就算是視野開闊的筆直道路，還是一樣只能開出六十公里的時速啊。」

可能是當時的焦躁浮現心頭，春也的語氣變得粗魯。

聽春也描述，那輛黑色廂型車一再逼車，只要春也一換車道，他就又會靠向一旁阻撓。

春也說他一直隱忍。因為他身上肩負著日本郵政這塊國家的招牌，萬一在這種情況下失去理智，他明白會對社長、公司員工，以及他自己的家人帶來何種影響，所以過去不管對方再怎麼使出惡劣挑釁的駕駛手段，他也全忍了下來。

但前天對方的挑釁方式實在不可饒恕。

對方的挑釁似乎不是對速度慢的貨車感到不耐煩，而是衝著春也而來，鄙視他只能開這種貨車討生活。

春也情緒激動地如此陳訴，起初幸大想回他一句「是你自己想太多了」，一笑置之。不過，正當他想這麼做時，春也感受到的那股宛如在心中沸騰的不甘心，不知為何，也清楚從幸大心底滿溢而出。

「北海道的男人都太保守了。」

當初開始到店裡幫忙時，惠理香常這樣說。

東京和大阪的男人會更加勇於展現自己，想要炒熱客人和表演的氣氛。

「幸大，你太保守了。」

每次聽惠理香這麼說，幸大就會刻意大聲吆喝，戴上天鵝頭，使勁扭腰擺臀。不過，他越是刻意，客人越不捧場。

「真沒意思。」

一些毒舌的客人毫不客氣地批評起幸大他們的表演。客人批評得越多，幸大越沒自信。

「你不能做得心不甘情不願，這樣客人很快就會感覺得到，你得發自內心去享受自己的表演才行。」惠理香說。

不過，就算惠理香要他樂在其中，他還是不懂該用什麼方法。越是想找出方法，就越覺得自己是個從未享受過快樂的男人，這樣的人生實在毫無樂趣可言。

當然，春也的這件事還有後續。

極力向春也挑釁的那輛黑色廂型車，似乎因紅燈而停下。春也的貨車當然也停在他後方。

就在這時，一名已經不年輕的男人，趾高氣昂地走出黑色廂型車，朝春也的貨車走來，吆喝著「喂，你給我出來！喂！」想強行打開駕駛座的車門。

「要忍耐。要忍耐。要忍耐。日本郵政。日本郵政。日本郵政。」

春也在心中默念，極力忍耐，但是當男子朝車窗吐口水時，他先前繃緊的理智線就此應聲斷裂。

接下來的事他已不太記得。

他走下車，一把揪住男子，將他打倒在地，跨坐在他身上。對方只是個紙老虎。當春也想繼續揍他時，男子死命用雙手遮臉，尖聲叫道：

「我錯了，我錯了，我知道錯了！」

春也的拳頭就此無處可揮，他沒打向男子的臉，而是打向堅硬的柏油路。男子推開春也，連滾帶爬地逃進自己車內。當背後駛來的車輛按喇叭時，已不見男子的車輛，在由紅轉綠的燈號下，就只有春也的貨車堵住了車道。

「你這算是正當防衛吧。是對方不好，你沒必要逃啊。」

幸大忍不住吼了起來，沉睡的沙羅因為他的聲音而翻了個身。
「沒錯，錯不在我。是對方挑釁，主動上門要打架。但事情並不是這樣……這個社會是不講道理的。」
「啥？怎麼說不是這樣？是怎樣不講道理？」
「社長常跟我說。『不管再怎麼趕時間，你敢搶車道試試，對方會認為是郵局搶他的車道，而不是你。』『不管再怎麼尿急，你敢把車停路邊試試，對方不會認為是你不好，而是堂堂日本郵政竟然在路邊撒尿。』不管對方再怎麼挑釁，我可是動手毆打一般市民啊。堂堂的日本郵政竟然動手打人，一切都被我搞砸了。」
「所以你才逃跑是嗎？」
幸大聽傻了眼。
「……而且那名挨揍的傢伙到目前也還沒出面，他應該是對自己挑釁在先感到內疚吧。」
「會對此感到內疚，心思這麼纖細的人，會那樣開車嗎？」

「可是，你就這樣逃走，會給塚本貨運的社長他們帶來很大的困擾吧？」

「不，這我明白……我已經不會再回去了。」

「這麼說來，你打算一直躲在這裡嗎？你犯傻呀？」

「幸大哥……我以前從沒想過要逃走。」

可能是口氣強硬了點，春也突然語帶落寞地說道。

「逃走？」幸大反問。

「不知道該說是現在的生活，還是我的人生。」

「人生？」

「這種領時薪的打工生活，我當然不覺得滿意。不過，有時假日打柏青哥贏了，就覺得還勉強過得去。所以之前我從沒想過要逃離這裡。但這次雖然來得突然，但逃到這裡後，我心裡想：『啊，也許我一直都在逃避。』」

春也說到這裡就此打住，默默望著漆黑一片的窗外，橘色的路燈照耀著分不清是碼頭還是大海的雪景。

幸大想不出該怎麼回覆春也。他明白春也說的話很孩子氣、不切實際、像在任性撒嬌。但春也說的「也許我一直都在逃避」這句話，卻一直在他耳畔揮之不去。

「我說，如果真的逃走，會有什麼下場？」

猛然回神，幸大已脫口說出這句話。

春也正準備喝寶特瓶裡的茶時，就此停下手中的動作。

幸大也和春也一樣，過去從沒想過要逃走。但此刻，他覺得自己只要想逃，就有可能逃走。他當然不是真的想逃，但此刻他覺得自己只要想逃，或許就真的逃得成，頓時感覺心情輕鬆不少。

「喂，你來一下。」幸大拉起春也的手。

「做、做什麼？」

春也手裡的茶灑向榻榻米上，緊跟在幸大身後走。

外頭當然是冰點以下的低溫，但是個無風的夜晚。離開漁夫小屋後，他們爬上覆滿白雪的防波堤。升上中天的明月，照耀著這片雪白的結冰之海。

「直直地走過這片海，就是庫頁島了。」

幸大如此低語，春也聽了之後，笑著應道：「走到一半就掛了。」

「這種事沒試怎麼會知道。」

「不，我知道，我又不是傻瓜。」

春也的笑聲在結凍的雪白之海上響起。

「喂，我們走吧。」

幸大如此喚道，從防波堤朝結冰的海面躍下。

「喂，等一下，很危險耶！」

春也想叫住他，但自己也跟著往下跳。

大浪似乎直接維持原狀凍結。他們抓住結凍的浪潮，攀爬翻越，踩過下一個浪潮，一路往前進。

陸續出現的浪潮，形狀互異，但幾次翻越後，幸大已逐漸掌握要訣，他和春也兩人爭先加快速度。

驀然間，搭船出海捕沙丁魚時的感覺重新浮現。

就像即將被甩出船外時，為了想牢牢抓住船身，而緊握粗大繩索的感覺。幾乎覆滿冬日天空的成群海鷗發出的鳴叫聲，在魚網中極力掙扎的五十噸重沙丁魚，猛然回神，體內已為之熱血沸騰。

惠理香說，北海道的男人都太保守了，所以才沒用。她還說，要更樂在其中才行。「話可不是這麼說。」幸大有不同的看法。

快樂的時候，露出快樂模樣的傢伙，才不是真正樂在其中呢。其實在真正感受到熱血沸騰的歡樂時，人們會流露出拚命的神情。

猛然回神，他發現自己就像在和春也賽跑似的，在結凍的海面上不斷朝前方奔去。彼此跑得上氣不接下氣，但還是抓住下一個浪潮，想加以翻越。

「爸！」

這時，背後傳來沙羅的呼喚。

「爸～！」

沙羅的聲音追過幸大他們，傳向更遠的前方。

幸大就此停步，氣喘吁吁地轉身而望。站在防波堤上的沙羅，在原地又蹦又跳，不斷揮手。

本以為已一路走到外海，但其實並沒離港口多遠。在橘色路燈的照耀下，還看得出沙羅的表情。

「爸～！」

又傳來沙羅的聲音，幸大與一旁同樣氣喘吁吁的春也互望一眼。

「大海可真遼闊呢……」

春也似乎也同樣覺得港口離他們好近。

「沙羅！這樣很危險，妳待在原地！爸爸和舅舅這就回去！」

幸大放聲喊道，接著傳來沙羅感到傻眼的聲音。「你們在幹什麼？」

幸大再次與春也面面相覷，笑著道：「就是說啊，你到底在幹什麼？」春也也笑著回了一句：「你才是呢。」

幸大轉身環視四周，就像要將明月高懸的夜空，以及凍結的白亮大海，全部看遍。

他突然覺得，自己所生活的這個世界還真是遼闊。我們就站在如此廣大的世界中。

國家圖書館出版品預行編目資料

逃亡小說集 / 吉田修一著；高詹燦譯. -- 初版. -- 臺北市：皇冠, 2021.12　面；公分. --（皇冠叢書；第4992種)(大賞；132)

譯自：逃亡小説集
ISBN 978-957-33-3822-2 (平裝)

861.57　　110018601

皇冠叢書第4992種
大賞｜132
逃亡小說集
逃亡小説集

TOBO SHOSETSUSHU

作　　者—吉田修一
譯　　者—高詹燦
發 行 人—平雲
出版發行—皇冠文化出版有限公司
台北市敦化北路120巷50號
電話◎02-27168888
郵撥帳號◎15261516號
皇冠出版社(香港)有限公司
香港銅鑼灣道180號百樂商業中心
19字樓1903室
電話◎2529-1778　傳真◎2527-0904
總 編 輯—許婷婷
責任編輯—蔡維鋼
美術設計—單宇
著作完成日期—2019年
初版一刷日期—2021年12月

法律顧問—王惠光律師

讀者服務傳真專線◎02-27150507
電腦編號◎506132
ISBN◎978-957-33-3822-2
Printed in Taiwan
本書定價◎新台幣340元/港幣113元